谨以此书献给

奋战在抗"疫"一线最可爱的人

扫二维码

听，天使的声音

天使日记

中央广播电视总台中国之声◎编

The Angels' Diaries

SPM
南方出版传媒
广东人民出版社
·广州·

图书在版编目（CIP）数据

天使日记 / 中央广播电视总台中国之声编 . — 广州：
广东人民出版社，2020.5

ISBN 978-7-218-14202-9

Ⅰ . ①天… Ⅱ . ①中… Ⅲ . ①日记－作品集－中国－
当代 Ⅳ . ① I267.5

中国版本图书馆 CIP 数据核字 (2020) 第 028132 号

TIANSHI RIJI
天使日记

中央广播电视总台中国之声　编

出 版 人：肖风华

责任编辑：肖风华　　刘　宇
责任技编：吴彦斌　　周星奎
装帧设计：米星 STUDIO
　　　　　231742409@qq.com

出版发行：广东人民出版社
地　　址：广州市海珠区新港西路 204 号 2 号楼（邮政编码：510300）
电　　话：（020）85716809（总编室）
传　　真：（020）85716872
网　　址：http://www.gdpph.com
印　　刷：北京博海升彩色印刷有限公司
开　　本：787mm×1092mm　1/16
印　　张：18.5　字　　数：159 千
版　　次：2020 年 5 月第 1 版
印　　次：2020 年 5 月第 2 次印刷
定　　价：52.00 元

如发现印装质量问题，影响阅读，请与出版社（020-85716849）联系调换。
售书热线：（020）85716826

这就是
天使的声音

2020 年 1 月 23 日，农历腊月廿九，武汉封城。深夜，上海医生钟鸣奉命支援武汉。空旷的站台上，他只身一人，背着背包，大步跨向车门，那张照片温暖了很多人的朋友圈。

1 月 24 日，万家团圆的除夕夜。广东、上海两地和海陆空三军军医大学医疗队连夜出发，驰援武汉。火速集结的画面让无数人泪流满面。

1 月 25 日，大年初一。中共中央政治局常务委员会召开会议，习近平总书记对疫情防控做出超强部署，要求"把疫情防控工作作为当前最重要的工作来抓""一定要坚决打赢这场疫情防控阻击战"。可以说，这次"非同寻常"的会议，发出了疫情防控工作新的总动员令。

一声令下，全国各地的医疗队不断向武汉、向湖北汇集。不同省份的医疗队在机场相遇，彼此喊话加油。面对新冠肺炎疫情这场"新中国成立以来，在我国发生的传播速度最快、感染范围最广、防控难度最大的一次重大突发公共卫生事件"，武汉 11 万多名医护人员投入战斗，来自全国、全军的 340 多支医疗队、4.2 万余名医护人员逆行而上。在这场与疫魔殊死较量的战"疫"中，白衣战士无疑是正面出击的主力军，也是最该被铭记的"最可爱的人"。

大年初一当天，中央广播电视总台中国之声第一批报道组成员抵达武汉。局势的复杂和艰难让他们深感震惊：发热门诊人满为患，定点医院一床难求，防护物资严重不足，战"疫"一线医护人员的舍生忘死、义无反顾让他们深受触动。把他们的声音传递出来，把医护人员的故事讲好，就是对抗击新冠病毒肺炎疫情这段特殊历史最核心、最重要的记录。但是，在防护物资极度紧张的情况下，记者不能轻易进入"红区"，接触到的医护人员也有限，用什么方式来记录？1 月 28 日，前方报道团队建议，由后方团队远程采访一线医护人员推出《天使日记》专栏。当天，中国之声后方团队多方联络，连夜赶制，1 月 29 日清晨，战"疫"的艰难时刻，中国之声《天使日记》开播。

"2020 年 1 月 28 日，晴。我是武汉市中心医院呼吸与危重症医学科医生朱珊。今天是我在抗'疫'一线工作的第 29 天……"开篇，朴素的文字，平静的叙述，不标准的普通话，没有提问，没有串词，没有旁白，医护人员的自述以最原始的状态呈现在受众耳边。那一天，听众听到了三位医生和护士的讲述。很多听众和网友在新媒体端留言，"听到'今天是我在抗"疫"一线工作的第 29 天'这一句，已忍不住泪奔。""一直流着泪听完。"……

从 1 月 29 日开始，一线医护人员不间断应约书写战"疫"日记，中国之声播放的《天使日记》从每天 5 篇增加到 8 篇，栏目从 8 分钟延长到 10 分钟、11 分钟……广播不同时段滚动播出，微信公号、新闻客户端每日更新。这些来自重症监护室、普通病房、方舱医院的声音日记汇聚成战"疫"一线最真实也最动人的"广播连续剧"。

到 3 月 10 日《天使日记》第 42 期播出，260 多名医护人员留下了他们的声音日记，内容真实细腻，直抵心灵，其感染力、感召力远超我们的想象。这个在特殊时期，因特殊条件被逼出来的广播创新形式，产生了意想不到的传播效果。《天使日记》每天播出和新媒体推送时，听众和网友都说："泪点时间到了！"

260多篇声音日记，记下了医护人员与患者生死与共的患难深情。"刘奶奶，您醒醒，醒醒！"患者病情急转直下，医生把病人从死神手里抢回来，日记里，我们听到了惊心动魄；"我女儿都没给我洗过头发"，护士对病人的照料无微不至，日记里，我们听到了医者仁心；老人看着护士忙碌，想喝口热水都不忍心提要求，日记里，我们听到了理解和体谅；核酸检测阴性，护士和患者一起蹦了起来，日记里，我们听到了共克时艰的真情。

260多篇声音日记，记下了危难之中愈发浓重的亲情、爱情。母女同为一线护士，二人分别讲述，女儿感染新冠肺炎，妈妈是怎样的撕心裂肺又无比隐忍；援助医疗队护士讲述，刚上小学一年级的儿子在她的行李里悄悄塞了一颗糖，并嘱咐"妈妈，如果你想我了，就吃了这颗糖"；女医生讲述，只要上夜班，丈夫都会开着车灯跟在她身后，一路为她照亮；护士讲述，爷爷奶奶同住一个病房，只有爷爷喂饭，奶奶才能多吃两口。疫情之下，那些平日里最普通的情感，变成了最难以割舍的牵挂。

260多篇声音日记，也行进式记录了战"疫"一线的局势变化。从用塑料文件袋自制"防护面罩"，到防护物资充足、感控规范严谨；从火神山、雷神山医院争分夺秒建设，各地驰援的医疗队纷纷整建制接管重症病区，到医护人员可以逐渐轮休；从确诊人数迅猛攀升，到持续多天上千人出院；从2天时间建成第一家方舱医院并开始收治患者，到14家方舱全部"休舱大吉"……医护人员的讲述，让我们听到了信心、力量和希望。

作为这组报道的幕后工作者，总以为，40多天，听了260多篇日记，已经有足够的免疫力可以做到不流泪。但每天凌晨，当音乐响起，温暖的声音在耳边流淌，一个词，一句话，一个细节或一声哽咽又会触动心底的柔软，又会让我们泪流满面。忍不住流泪的，还有直播间里的中国之声导播和主持人。这泪水中有不忍，更有感动，有震撼……

3月10日，习近平总书记来到始终牵挂的武汉，考察抗击疫情的前线阵地，传递坚决打赢湖北保卫战、武汉保卫战的鲜明信号。在火神山医院指挥中心，总书记同正在病区工作的医务人员代表视频连线，他说："你们都穿着防护服，戴着口罩。我看不到你们的真实面貌。但是，你们在我心目中是最可爱的人！"3月10日，距离武汉"封城"已有47天。习近平在考察中说："正是因为有了武汉人民的牺牲和奉献，有了武汉人民的坚持和努力，才有了今天疫情防控的积极向好态势。""武汉不愧为英雄的城市，武汉人民不愧为英雄的人民，必将通过打赢这次抗击新冠肺炎疫情斗争再次被载入史册！"

此时，武汉的樱花已经开了！

新冠肺炎疫情将逐渐散去，摘下口罩迎向春光之时，让我们一起珍藏这份珍贵的声音日记。也但愿它定格在2020年的春天里，永无再续。

为尽早出版，本书仅收录了1月28日至2月28日，共196篇医护人员的日记，请这些医护人员作为代表，接受我们最崇高的敬意！并以此书，向所有战"疫"一线的医护人员、志愿者、社区工作者，以及为战"疫"奉献过力量的人们，致敬！

感谢广东人民出版社，为本书的出版做了大量细致周到的工作，推进速度之快，令人感佩。

感谢参与《天使日记》编辑和联络的每一位记者，凌晨两点的眼泪，值得！

翻阅此书时，建议您一定扫描相应页面的二维码，那些南腔北调的语音自述会带您身临其境。您一定会同意，这就是天使的声音，这个春天最美的声音！

《天使日记》主创团队

2020年3月10日

The
Angels'
Diaries

目录

CONTENTS

Chapter One

抗"疫"工作的
第29天

朱珊
张家栋
张静静

时间紧迫，

我要收拾东西，

准备下去集结了，

也希望我们医疗队能圆满完成任务。

扫二维码
听有声日记

朱珊和儿子

我是武汉市中心医院呼吸与危重症医学科医生朱珊。今天是我在抗"疫"一线工作的第 29 天。近一个月来，我和同事在隔离病房负责四十多个病人的救治。

在隔离区，我们穿着厚厚的防护服，不透气，特别闷热，身上常被汗水湿透。怕上厕所耽误时间，很多同事连续 5 个小时没喝一滴水，嘴唇干裂了，脸上、鼻梁上由于长时间戴口罩也磨破了皮。平时累了倦了，同事之间就会说笑一下，互相打个气，鼓个劲，相信只要大家齐心协力，就没什么好怕的。

中午休息的时候收到了一份很特别的礼物，是 9 岁的儿子给我写了一封信，把我感动哭了。儿子平时挺酷，也不爱表达，没有想到写的话很温暖。他在信里写：妈妈您真的很忙，大年初二就在医院一线与病魔斗争，真辛苦。您不用担心我们，我们会待在家里。祝您身体健康，一切顺利。

读完信那一刻，感觉儿子一天一天在成长，像个小大人了。担心下班后把病毒带回家，我就住在医院协调联系的酒店里，方便步行上班。这段时间对家人最愧疚，

3

希望他们都平安健康。为人妻、为人母，即使有畏惧，有诸多牵挂，但穿上了这身白衣就已经义无反顾。我和同事们都不后悔，因为这是我们的使命。在病房发现不少患者内心很恐惧，问我最多的一句话是，"医生，我能不能活？"我查房时就会多啰唆几句，鼓励他们一定要有信心，要打起精神，吃好睡好才有力气斗病毒，这比单纯的药物更重要。

　　见到我们医护人员忙里忙外，不少患者十分感激，总是跟我们念叨："等我好了一定要回来看你们的，一定要好好感谢你们。""医生，你要吃好一点，保重好自己。"在疲倦忙碌之余，患者的关心与叮嘱，让我们感觉特别的温暖，希望所有的病人都早日康复。待到春暖花开，一起笑对阳光。

儿子写给
朱珊的信

张家栋

我是山东省滨州市滨州学院附属医院重症医学科护士张家栋。今天晚上8点，我将进入黄冈市大别山区域医疗中心。我准备好了。

我们医疗队在支援院区建设的时候，当地的志愿者穿着红马甲，戴着红帽子，很远就问我们："你们是不是来自山东的医疗队？"我们点头说是，他们就向我们鞠躬，说"谢谢你们"，在那一刻，我的眼眶都湿了。

荧光绿色的包是我们来的时候医疗队发给我们的，选择荧光绿是为了好辨识。在包上写上名字和电话，队长说是怕我们在来的或者去的路上突然倒下了，不知道叫什么名字，为了方便大家认识。当时虽然是开玩笑说的，但我想在那一刻每个人的心里都揪了一下。我真的希望能把这个包带回去，留作纪念。好了，我就说这些了。我们今天晚上8点即将进驻，时间紧迫，我要收拾东西，准备下去集结了，也希望我们医疗队能圆满完成任务。

剪发之后的
张静静

我是山东大学齐鲁医院呼吸与危重症医学科的护士张静静。今天是山东医疗队支援武汉的第3天。女生的长发更容易出汗，藏匿病毒，而且不方便穿防护服，为了更好地照料病人，我把自己的头发剪成了寸头，理了个男孩发型。在来武汉之前我已经做好了剃成男孩头的准备。

和我一起剪发的，还有我们山东医疗队的十多名女战友。现阶段在爱美的女孩子们眼中，尽快地遏制疫情，比秀丽的长发更重要。做出这个决定我不后悔，有全国人民的支持，相信我们一定能战胜疫情。

张静静在按规定集中隔离医学观察期满，即将返家休息时突发心脏骤停，经全力救治无效，于2020年4月6日18时58分逝世。

——编者注

Chapter Two

不惧生死，
逆风而行

谌利琴　房明浩　袁莉　崔俊伟

一 个 人 来 到 这 个 世 界 上，

要 尊 重 生 命，

更 要 敬 畏 生 命！

同 时 也 要 学 会 爱 与 奉 献。

扫二维码
听有声日记

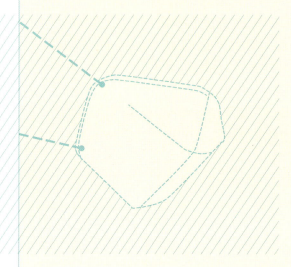

我是武汉大学人民医院感染科护士长谌利琴。今天是我投入到抗击新型冠状病毒肺炎疫情工作的第 23 天。临睡之前，我把我总结的关于医护防护这一块的内容转发到科室的群里面，同事都对我竖起了大拇指，说"护士长真棒"。我想，其实棒的不是我，而是我们这一个感染科的大家庭。

我们的陈剑清老师，也是差不多 50 岁的人了，一直坚守在发热门诊。一天下来，他的嗓子完全就是哑的了。我们的耿静老师，有一天她的车胎突然在半路上爆了，弱小的她居然开着爆了胎的车，坚持开到了医院。车子送维修了以后，她都是走一个小时的路，来医院里面上班。

付丽娟老师因为刚做完手术，身体还没有完全地康复，有一天实在是太累了，甚至都出血了。还有我们没有休完产假就回到工作岗位的陈千老师。

我们的年轻护士陈莎，在 2019 年一年的时间里，失去了她的父亲和她最爱的妹妹，为了能够及时地赶到医院里面上班，她毫不犹豫地搬着行李，离开她的妈妈，住到了酒店里面。

我们的护士袁婕、刘艳，机动护士熊欢、马如意、陈李平、余雅奇、彭菁、万红、杨欣、牟蕾等，一点都不怕危险。我们真的是一个非常棒、非常棒的团体。

　　我是来自华中科技大学同济医学院附属同济医院的房明浩医生。今天是我来到金银潭医院支援的第 7 天。我今天特别特别开心，因为我的好哥们、我的同事陆俊，终于从金银潭转出，这意味着他没有发热了，呼吸困难症状明显缓解了，而且符合转出的标准。

　　在他患病期间，今天应该是第 24 天了。简简单单的几十步路都充满了他自己的努力，他的妻子、家人对他的期许，还有我们背后金银潭医院的同济医院医护人员的共同努力，所有人都付出了巨大的心血和很多很多东西，我替他向大家表示感谢。

The
Angels'
Diaries

我是吉林省吉林大学第二医院的护士，我叫袁莉。今天是我乘坐到武汉同济医院支援的第 4 天。

来到武汉的每一天，我们都在争分夺秒，尽管每次穿完厚重的防护服都会大汗淋漓，我的脸上也早已留下了 N95 的印记，但看着躺在病床上被病毒折磨的你们，我多想挣脱这一切束缚，拉起你的手告诉你们，请相信我，让我陪你们一起渡过难关。而对于 2100 公里以外的你们，我可能要说一声"对不起"！

爸爸、妈妈，对不起！这个春节不能好好陪伴你们，更辜负他们的心，但这是我的使命！老公，对不起！我知道你一定会支持我，理解我！我爱你！孩子，对不起！看着你挣脱爸爸的怀抱，奔向妈妈的时候，妈妈真的很舍不得你！但是妈妈要告诉你，一个人来到这个世界上，要尊重生命，更要敬畏生命！同时也要学会爱与奉献。

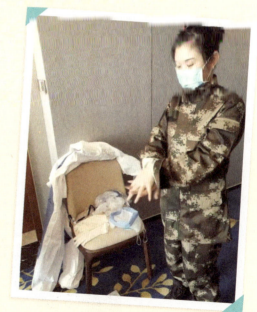

袁莉

　　我是河南省新乡医学院第一附属医院结核内科副主任医师崔俊伟。今天是我来到武汉四院支援的第4天，也是我投入到抗击新型冠状病毒肺炎疫情工作的第2天。此刻，我刚从隔离病区出来，已经和"战友"们交班。我和我的一百三十多名战友在大年初二奔赴武汉，从1月28号，也就是大年初四开始，我们正式接管病区。

橘子蛋糕

　　来武汉的这些天，让我感动的事特别多。女同志们剪去了长发，有一名战友在《入党申请书》中写道："抗击疫情，不计报酬，无论生死，逆风而行"。

　　我的两位战友，这两天是她们的生日，考虑到进入病区后工作紧张，于是队员们自发给她们做了个"生日蛋糕"，用小馒头和橘子做摆盘，火龙果皮拼出个笑脸。

　　我们有信心打赢这场战争！等我们回家！

崔俊伟的两位战友过生日

蔡志芳
胡雪珺
邢德盛
张雅男
张明轩

Chapter Three

等我平安回来，娶你

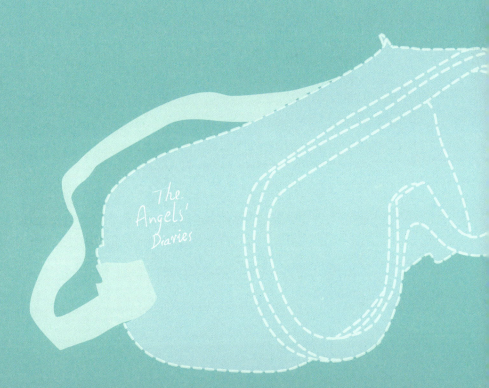

The Angels' Diaries

眼下武汉需要我，

治病救人要紧……

感谢你的理解和支持，

春暖花开，

等我平安回来，

娶你！

扫二维码
听有声日记

蔡志芳和她的同事

2020 年 1 月 30 日
晴

　　我是湖北省武汉市汉口医院呼吸内科主任蔡志芳。今天是我加入抗击疫情一线的第 29 天。近一个月以来，我们科室的医生、护士都是超负荷工作，因为病区扩增，病人数量激增，大家经常加班，一天上班十几个小时，近一个月基本上都没怎么休息。

　　在隔离区，我们穿着不透气的防护服，戴着 N95 口罩，有些同事鼻梁起了水泡，甚至有些同事的脸颊都压破皮了。一进去隔离病房就是七八个小时，大家经常好几个小时不能喝上一口水，不能去一趟洗手间。

　　为了方便工作，随时待命，我们住在医院附近的酒店，也有很久没有和家人见面了。作为医护人员，我们是密切接触者，我们也是儿子、女儿，是父亲、母亲，也是丈夫、妻子，我们很长时间都没有回过家，除夕夜都是在医院过的。

　　有的危重病人发生呼吸窘迫，疗效不好的时候，我们的心里很难受。一天晚上，一名 31 岁的男性患者，胸部 CT 提示双肺"白肺"，指脉氧只有 70%，我们的业务院长带领我、护士长及科室的其他几名医生忙到凌晨 3 点钟，直到患者的生命体征稳定下来大家才休息。相信我们万众一心，众志成城，一定能打赢这场疫情攻坚战！

　　我是湖北省武汉市肺科医院呼吸与急危重症医学科一病区护士胡雪珺。今天是我投入到抗击新型冠状病毒肺炎疫情工作的第 26 天。

　　自疫情发生以来，每天上班压力还是挺大的，可是今天我却格外开心，因为我们科室有 3 名患者痊愈出院啦！

　　我进到病房，询问起患者即将出院的心情，他们向我们再三表示感谢。病房的其他病人受到鼓舞，要一起为我们现场改编演唱一首《感恩的心》，来致敬我们所有的医护人员。我被这个画面深深感动到了，觉得再苦再累，也值了。因为我们所有医患都在团结一心对抗"疫"情。我相信，我们一定能早日战胜病魔，会有越来越多的患者痊愈出院。

邢德盛　　　　　　　邢德盛和他的未婚妻

2020 年 1 月 30 日
晴

2020 年 1 月 30 日，农历正月初六，武汉又是一个大晴天。我是河南医疗队队员、新乡医学院第一附属医院急诊科护士邢德盛。这是我到达武汉的第 4 天，昨天开始进入病房隔离区，这里是真正的"火线"战场。

我和战友们四班轮换，中午 12 点换上防护服进入隔离病房。按照任务需要，今天我进入了新设病区，这里只有医务人员和病人，没有家属，没有陪护，患者的吃喝拉撒，病区的消毒保洁工作，都由我们来完成。

病房有一对老夫妻，说不清楚是谁感染谁，能够在这与世隔绝的病房里携手，等到治疗好了，也是一番记忆吧。

好多不知道是谁捐赠的东西，有方便面、牛奶，在病区里，我还看到了有不知名的人送到门口的奶茶，便条上写着"白衣小姐姐、小哥哥，加油"，便觉得我还能坚持。

结束工作回到驻地，拿出手机，果然又是一堆的电话信息，先给茜雅回了个电话报平安。我们原定的婚期在 2 月，但眼下武汉需要我，治病救人要紧，我只有推迟把你娶回家了，感谢你的理解和支持，春暖花开，等我平安回来，娶你！

2020 年 1 月 30 日
晴

张雅男

今天是 1 月 30 号，正月初六。我是吉林省人民医院的一名护士，我叫张雅男。来到武汉第 5 天了，今天是下半夜的班，领队让我们抓紧时间休息，但是我和我的同事们还有一件很重要的事情要去做，那就是剪头发。因为来到这里之后，女同志的长头发很不方便，也容易滋生病菌。

于是，我们就向领导申请了推子。我们的同事段亚玲姐姐主动客串起了理发师，排队剪头发的女同志里，我的头发应该是最长的，已经快到腰间，这是我留了十余年的长发。说句心里话，真的是特别特别舍不得。

虽然剪完头发之后看起来有点怪怪的，但是身边的人，包括自己都觉得此时是我人生中最美的时候。

晚上 12 点，我就要出发准备上岗，短头发的我要加油，把最好的状态和最强悍的技术，带给患者。

2020 年 1 月 30 日
晴

　　我是河北医科大学第一医院重症医学科护士张明轩。这是我来武汉支援的第 4 天。我的工作是护理 3 位 ICU（重症加强护理病房）病人。ICU 嘛，这里的患者病情比较重，操作治疗相对比较多。不到半小时，我的眼镜和防护面罩上就已经起了雾，烟雨蒙蒙的感觉，只能慢慢地摸索着行走，使劲睁开眼睛，透过雾气认真核对药品信息。

　　轮班休息的时候，我猛灌了两瓶水，喝完水又担心在接下来的工作中会上厕所，所以使用了成人纸尿裤。第一次给自己穿纸尿裤，感觉特别的别扭，不知道穿完纸尿裤后真的尿了会是什么样子。

　　我担心的排尿问题并没有发生，可能是厚重的防护服让我出了太多的汗，汗水已经打湿了衣服。下班时因为我们没有赶上最后一班班车，我和其他两个小伙伴在灯光下步行回到了驻地。

　　这也是我来武汉这几天第一次步行在武汉街头，凌晨两点多钟的武汉，在这场疫情下变得更安静。看着一幢幢居民楼，作为一名医护人员，我想用自己的实际行动守护武汉广大百姓。

你若安心
便是疫苗

林帝浣供图

Chapter Four

黑夜之后，白昼将迎新

柴玉琼
胡龙霞
朱平
薛晓莹
李婉贞

困难总会过去，

而抵抗困难当中感受到的温情，

会让我们铭记于心！

我们坚信，

黑夜翻面之后，会是新的白昼。

扫二维码
听有声日记

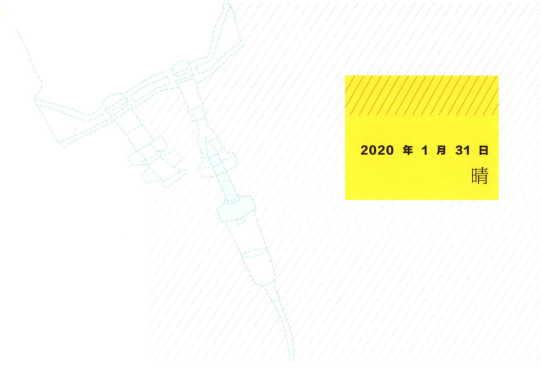

　　我是武汉大学中南医院心血管内科重症监护室护士柴玉琼。在武汉封城的第9天，我和我的同事们如往常一样，每天穿梭在病房与病人之间。唯一不同的是，身上多了厚重的防护服和发白的双手，还有被口罩压红的脸颊。

　　大家负重工作的样子让每一位牵挂我们的人都心疼。我们奋战在临床一线，取消休假，主动请缨，去最困难的地方支援。还有同事把婚期延后，主动加班。这中间，有太多太多的感动，每一位医务工作者都在默默付出，因为这是我们的城市、我们的家，我们应该来守护。

　　希望我们每一份小小的力量都凝聚起来，聚沙成塔，让我们的城市好起来，让每一个人都健康、平安！

胡龙霞 01

　　我是来自协和医院的胡龙霞，现在在武汉市金银潭医院。今天天气晴，接到通知说已安排了人员下个星期轮换我，心里突然感到很轻松，也有很多的不舍。

　　每天一起上班的来自其他医院的小伙伴都还没怎么认清，刚刚认熟了一双眼睛，脱下防护服就又不认识了。好想跟他们多待几天，虽然上班的时候很忙很累，但是彼此之间相互指导，相互帮助，相处还是很融洽。再加上在这边上班快3周了，病房里的工作流程，各种操作都熟练了，还有仪器设备都摸熟了，感觉自己状态还挺好的，还能坚持一两个月呢！

　　亲爱的小伙伴们，我这么舍不得你们，你们是不是也很舍不得我呢？

胡龙霞 02

The Angels' Diaries

　　我是南京医科大学附属逸夫医院急诊科的护士朱平。今天是我到武汉的第 6 天。作为江苏省第一批援鄂突击队的一员，我感到很光荣。

　　在培训穿防护服的间隙，给男朋友打电话报平安时，随口说了句"我的眼镜有点松了，影响我穿脱防护服"。不到半小时，他给我回电话，说他给武汉这边的眼镜店打了十几个电话，终于有一家答应帮忙配眼镜了。经过一些沟通，第二天早上，武汉的眼镜店就送来了新眼镜。

　　真是非常感谢武汉人民的帮助，也谢谢男朋友的默默关心。武汉，加油！

25

薛晓莹

　　我是来自辽宁省大连市第三人民医院呼吸与重症医学科的护士，我叫薛晓莹。今天是我来支援武汉江北协和医院的第 6 天。

　　我今天上夜班，刚刚去把自己的头发剪短了，因为我想更加利索地加入到这场战斗中来。剪头发的时候，大姐说"不剪你头"，她的顾虑是怕剪不好，我简短地跟大姐说了一句，"没事，姐，你就剪吧，只要能短就行"。我是想做好防护，然后让自己显得更加利索，头发等打赢这场战"疫"以后，回到大连再修整。

　　武汉的街头，百姓对我们都特别的热情，他们都会说，感谢你们来到武汉，感谢你们来支援。而我们回复的只有一句话，那就是：武汉加油，让我们一起加油。

李婉贞

　　我是中南大学湘雅二医院血液净化中心护士李婉贞。今天是我来到武汉金银潭医院重症监护室支援的第 5 天。

　　我们是与病人最直接的接触者，与我们接触需要承担一定的感染风险，而那些志愿者毫无畏惧，每天接送我们往返于医院和酒店之间毫无怨言。更让人温暖的是，志愿者们在了解到酒店不能提供餐饮的情况下，给我们送来了盒饭。我们还陆续接收到了来自全国各地的爱心物资。

　　异地的不适，工作的紧张，危险的环境等困难，都在热心的全国人民给予的温暖面前，一点点瓦解。病毒无情而人间有情，危情的出现让我们更加紧紧地凝聚在一起。困难总会过去，而抵抗困难当中感受到的温情，会让我们铭记于心！我们坚信，黑夜翻面之后，会是新的白昼。

李婉贞和同事

27

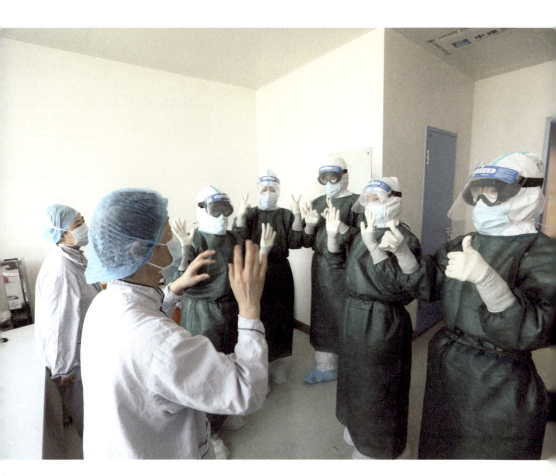

武汉同济医院中法新城院区，医护人员刚更换完防护服。进入病房
前，他们穿戴防护装备要经过13道流程，经过感控人员的严格检
查之后，再穿过5道隔离门，才能进入感染区。
刘宇　摄

Chapter Five

"妈妈打完怪兽就回家"

刘敏　王亮朝　查琼芳　白月

虽然我们身处前线，

但是身后有全社会这个坚强的后盾，

我相信在大家的齐心协力下，

一定会攻坚克难，

打赢这场战"疫"。

扫二维码
听有声日记

刘
敏

我是南京医科大学附属逸夫医院呼吸科护士长刘敏。今天是我来到武汉支援的第 8 天，也是和孩子分开的第 8 天，这还是我第一次和儿子分开这么长时间。

记得第一次跟他分开是我刚来逸夫医院工作那会，他跟老人在乡下，我每周轮休时回去看他。第一次分开回去看他，他还在摇篮里睡觉，睁开眼看到我的时候，我看到他眼里的陌生，他竟然撇过头不理我。今天这样的一幕又上演了，儿子在视频的那头问："妈妈你啥时候回来呀？你把怪兽打败了吗？我想你了。"

我的眼泪不由自主地流了下来。我说："儿子，妈妈今天刚打完怪兽回来，今天妈妈胜利而回，明天妈妈还要继续打怪兽，还不知道什么时候回来呢。"这时的儿子竟然转过身不愿再跟我视频，我心里那滋味别提有多难受了。

我告诉他，只要妈妈把这边怪兽全打光，妈妈会尽快回去陪他的。

儿子你要加油，妈妈也加油，武汉加油！

我是湖北省武汉市中心医院呼吸与危重症医学科的医生王亮朝。今天是我在抗"疫"一线工作的第 32 天。

让我印象深刻的是一位 47 岁的大姐，半个多月前因为发热、喘气、咯血入院，被诊断为新冠肺炎，呼吸衰竭，重症，转到我们呼吸重症监护室。开始的时候她因为害怕，每天在病房哭。我们知道，这样的重症患者往往内心是很脆弱的。每天查房的时候，我和我的同事都会鼓励她坚强些，跟她讲一些病情好转的患者例子，告诉她"有我们陪着你，我们一起努力渡过难关"。

后来，这位大姐变得乐观了，积极配合我们医生的治疗，病情也在一天天地好转。有一次查房时，她对我说"谢谢，你们辛苦了"。做医生虽又苦又累，但在解除患者痛苦、成功抢救生命时，就特有成就感。听到病人一句"谢谢"时，觉得所有的付出和努力都值了。

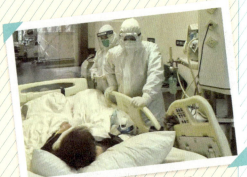

工作中的王亮朝

短信/彩信
昨天星期四

王医生新年好，我是你的老患者，此刻也许你正在抗疫第一线，辛苦了！看到你就象看到我儿子的那种感觉，我以母亲的心愿，真诚的希望你防护好自己，祝福你平安无恙！期待美好春天的快快到来。
你不用回我，工作间隙抓紧休息，保护自我，愿健康幸福永伴！再见！

晚上10:25

谢谢您！也祝您平安，保重身体！

晚上10:27

祝福！好人一生平安！

晚上10:33

患者给王亮朝发的短信

　　我是上海交通大学医学院附属仁济医院呼吸科主治医师查琼芳。今天是中班，所以上午的时间可以自己支配，我就去帮忙接收各地发来的补给物资。今天有两批物资先后到达，其中一批是仁济医院第二批援鄂医疗队给我们带来的五大箱补给物资，以生活用品为主。仁济的同事们知道武汉这边天气比较寒冷，给我们买了保暖内衣和羽绒背心、暖宝宝，我们缺少装备的窘境终于有望得到缓解了。

　　其实在到达武汉以后，我已经连续接到多个同事的电话，他们不约而同地表示如果前线需要什么物资，一定会想办法给我们寄来。

　　中国人民在疫情面前的爱是无私的。虽然我们身处前线，但是身后有全社会这个坚强的后盾，我相信在大家的齐心协力下，一定会攻坚克难，打赢这场战"疫"。

查琼芳

白月 01

白月 02

 我是秦皇岛市第三医院感染科的护士白月。来到武汉这是第 6 天了，今天我上夜班，刚回到住处，看着这个美丽的城市，我只想说，武汉加油。

 我来之前看到有关这里的新闻，还和家里人说，这里的医护人员真的太不容易了，这么高强度的工作量，他们真的太累了。所以我觉得我能来到这里，能和他们战斗在一起，能帮他们分担一些，真的是我的荣幸，并且我感到自豪，无比的自豪。

 我是长头发，长头发都容易滋生细菌，我想把头发剪了。我从网上找了好几个理发店，打电话去问，得知都没有开门。有两个听说我们是来自河北的，想剪头发，他们都非常的感动，并表示虽然现在进不来，但是如果过几天他们回来了，我们还在，他们愿意免费为我们剪头发。真的谢谢你们了。最后我们还是自己给剪了，虽然很丑，但是我觉得这是我自己最美的样子。

黄蓉
徐志礼
吴崇崇
潘纯
于硕

Chapter Six

ICU 下来，
汗水湿透衣背

虽然很累，

但感到欣慰的是，

在我们科室已有 3 名重症患者成功治愈出院了，

这是我们工作的最大动力。

扫二维码
听有声日记

2020 年 2 月 2 日

阴

　　我是来自武汉市肺科医院重症监护室的黄蓉。今天是我参加抗击新型冠状病毒肺炎疫情的第 32 天。

　　因为我是在 ICU，这里的患者病情都是比较严重的，一般的话是需要 3 至 4 名医护人员共同协作才能完成护理工作。我们一个班是 6 个小时，一个班下来，我们的衣服都是处于完全湿透的状态，我一口气能喝一到两瓶水。虽然很累，但感到欣慰的是，在我们科室已有 3 名重症患者成功治愈出院了，这是我们工作的最大动力。

　　我老公现在在雷神山医院抗"疫"一线。老公，我们一起加油，胜利就在前方。

穿上防护服的徐志礼

徐志礼发给家人的照片

我是湖北黄冈麻城市人民医院呼吸内科副主任徐志礼医生。今天是我来到黄冈市惠民医院抗击新冠、支援疫情的第 12 天。

可能因为近日疲劳叠加，一直连轴转，休息时间严重不足，头感到有些晕沉，身上也出了不少冷汗，说实话，心里真有些担心。中午午休浏览了一会儿新闻，正好看到曾经感染新冠病毒的华中科技大学同济医院急诊科医生陆俊逐渐康复、接受采访的视频，振奋人心；还有一位坚持站岗的卫兵和家人相互鼓励的消息……我坐在桌前，眼眶莫名有些湿润。

今天是千年一遇的对称日，谐音"爱你爱你"，同样坚守临床岗位的妻子和两个宝宝还远在麻城，在宿舍的房间里，我冲了澡后拿起手机，对着镜子拍下了一张略带笑意的照片，发给了家人，告诉她们：今天我很好，放心，勿念。爱你们！

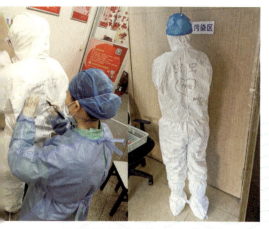

同事给吴崇崇的防护服写上"加油"

我是温州医科大学附属第二医院微创脊柱外科的护士吴崇崇。今天是我在抗"疫"一线工作的第 10 天，准确说已经是第 11 天，因为 0 点的时候，才刚刚跟同事交班。

进入隔离病房，印象最深的，是进入病房第一天，遇到的一位奶奶和她的孙女，目前两个人都在接受治疗。

老奶奶因为基础疾病多，免疫力低下，病情严重，刚开始也不知如何正确佩戴口罩，但是听到、看到我们敲门进病房，她总会颤颤巍巍地把口罩戴上，这样的善意真的让我泪目。老奶奶对我们尚且如此，对自己的亲孙女更是关心。老奶奶总是问我："我孙女怎么样了，吃了吗，还好吗……"而同样在接受治疗的孙女，也时刻惦记自己的奶奶，拜托我带东西到病房的时候，总不会忘记让我同时给她的奶奶带一份。

她们的互相牵挂更加让我明白了自己当下的意义。我们会加油，在隔离病房治疗的你们也要充满希望！

吴崇崇

　　我是东南大学附属中大医院重症医学科副主任医师潘纯。今天是我到达武汉的第 8 天，我现在负责的是武汉金银潭医院五楼重症病区的工作。

　　每天需要穿着包裹严密的隔离衣对患者病情进行评估和治疗，有同事形容这就像穿了棉衣去跑步，但是我觉得跟抢救病人相比，这些不算什么。

　　这两天，我身边一位同事身上的故事特别让我感动。他的父亲由于确诊感染新冠肺炎被送到医院治疗。同事说，作为一名医生和一个家属，更能够体会医患两方的心情。后来，他的父亲病情加重，进行了有创机械通气和体外膜肺氧合治疗。我同事对我说："潘医生，好多人都在和我说要我放弃，但您一直在鼓励我，我非常感谢您对我父亲做的决定。"

　　凡为医者，奉命于病难之间，受任于疫虐之际。每当新的一天到来，当我再次穿上隔离衣、面对患者的时候，我的心里总会更加坚定，我们一定能打赢这场抗"疫"阻击战！

于硕和同事

2020 年 2 月 2 日

阴

我叫于硕，是河北省沧州市中心医院的一名护士。今天是我来武汉市第七医院支援的第 7 天。

今天是开心的一天，是为 7 床阿姨开心的一天，是真心为她祝贺的一天，因为她可能要出院了。这个好消息还是我今天刚上班的时候得知的，因为那个时候正好遇上了医生查房，医生告诉 7 床阿姨，她的核酸检查结果是阴性，明天再做一次检查，如果结果还是阴性，那么她就可以出院了。我看到了阿姨满脸写着"不可思议"，反复问了几次："是真的吗？是真的吗？"

之后我给阿姨输液，她开心地告诉我："我病好了，我能回家了，真的谢谢你们，你们真的太辛苦了。我要回家了，我要回家了。"输完液，听到阿姨在给自己的亲人打电话告诉他们这个喜讯，后来，每次进她的病房都能听到阿姨兴高采烈地说："我要回家了。"

我想，包括我在内的所有医护人员，这一天心情也都是美丽的。通过我们的努力，让病人逐渐康复，他们能够健康回家，也给了我们巨大鼓励和信心。

即便现在回到了驻地，脑海中还是阿姨的笑脸，耳边还是阿姨的笑声以及她对自己出院后在家的规划。

明天是一个夜班，那时，也许她已经出院了，但我会永远记得阿姨那一声"我要回家了"。

战"疫"仍在进行
千万保持警惕

林帝浣供图

Chapter Seven

他拿记号笔写
"平安喜乐"

余芳
肖雅君
王阿静
邵东风
李抒墨

他 就 拿 记 号 笔 在 我 们 衣 服 后 面 写 " 平 安 喜 乐 " 。

他 还 给 我 们 拍 照 ,

然 后 隔 着 那 个 隔 离 病 房 ,

从 窗 户 里 给 我 们 点 赞 。

扫二维码
听有声日记

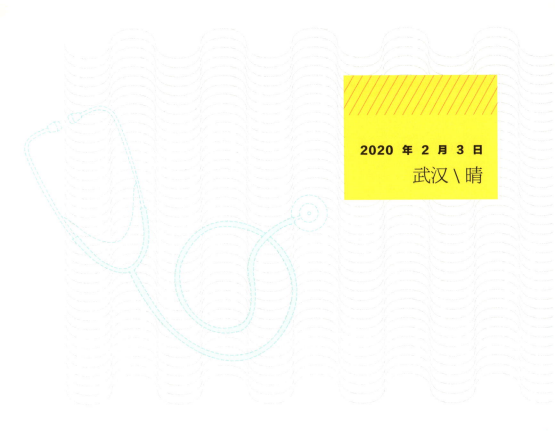

　　我是武汉市第一医院医务处主任余芳，我们投入抗击疫情战斗已经 30 多天了。这几天，我一直忙着为医院组建的雷神山医疗队做准备工作，我们需要从前期的一线人员中抽调经验丰富的医护人员，并打电话一一通知。

　　我还记得，心内科的范鸿儒医生在电话中泣不成声，我以为他身体不适，建议他继续休养。没想到他告诉我，前期有个患者病毒肺合并上消化道出血，没能救治成功，他每每想起就无比难受。他说自己不能停下来，停下来就会想，听到同事的声音也会想，只有在工作中才能淡忘一些。武汉是他的家乡，他要尽自己的力量来保护自己的家乡。听到他平淡的话语从电话里传过来，我也抑制不住地泪流满面。

　　太多太多的坚定，鼓励着我。在每一位战友出征前，我都会给他们发送一条短信：请于某时到某地向某某报到，加油，我的战友！请务必做好自身防护！

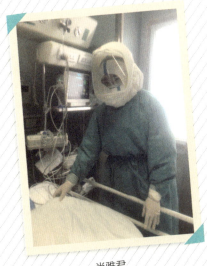

肖雅君

　　我是武汉市第一医院重症医学科的肖雅君。今天是我来武汉市金银潭医院支援的第 31 天。

　　来这边支援后，工作很累这是实话。一来支援就分配去了 ICU，管床的病人几乎都是气管插管，三级防护的装备让我们行动变得迟缓，但是治疗及护理却从没停下脚步。

　　但我每天很开心，这也是实话。我从不觉得我是一个人在这里战斗，领导、同事经常关心我，询问身体情况。前天是我的生日，让我没想到的是，护士长悄悄组织大家，一起打视频电话给我送祝福，挂断电话看见大家提前录好的视频的一刹那，我忍不住哭了。往常生日都是和家人、好朋友一起过，平淡温馨。今年虽然就我一个人在酒店，但是却倍感温暖和幸福，这可能会是这辈子最难忘的生日了。

王阿静

　　我是温州市第六人民医院感染科临床一线的护士、临时党支部组织委员王阿静，也是从 1 月 17 日凌晨开始第一批进入院区隔离点的医护人员之一。

　　有人问我"面对疫情你怕吗"，我就跟他们说"我们不能因为害怕而裹足不前呀！这个时候只有真正地冲上一线，才是我们每个医护人员应该有的样子"。

　　我也经常会在病房里被一些小小的瞬间感动。我觉得有时候病人真的是挺可爱的。记得那时候，那个 1996 年生的年轻小伙子看着我们的隔离服，说"我每天都看你们全部的人穿成这个样子，我都分不出来你们谁是谁啊"，然后他就拿记号笔在我们衣服后面写"平安喜乐"。他还给我们拍照，然后隔着那个隔离病房，从窗户里给我们点赞。你知道吗？真的让我们觉得很温暖啊。

邵东风

我是河北省华北理工大学附属医院呼吸内科医生邵东风，今天是我们到武汉市第七医院支援的第 8 天。

这几天在我治疗的病人当中，有一个三口之家让我印象非常深刻。夫妻俩已经 50 多岁了，旁边的床上躺着他们 20 多岁的女儿。母亲症状一直比较轻，只有咳嗽，没有发热。女儿入院后持续了 3 天高热，经过积极治疗，病情也明显好转。但父亲的病情却逐渐加重，今天已经到了病危的程度。这位父亲一直跟我们医护人员说，希望女儿和他的妻子尽早出院。但母女俩却担心他的病情，希望在医院陪着他，照顾他。

说真的，这种一家三口表现出来的亲情，让我特别感动。因为我自己也是两个孩子的爸爸，从我来到武汉，每天一到晚上，他们就拿着妈妈的手机想跟我视频，每天要是不看一眼……有一次我上夜班，女儿没看到我，都着急得哭了。也正是因为来自孩子、家庭的这种亲情，给了我很大的动力。不仅仅是我，所有队员都很有信心打赢这场战斗。也相信，很快，很快，大家就会见到胜利的曙光。

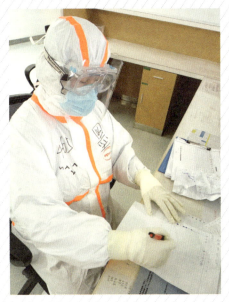

李抒墨

　　我是吉林市医药学院附属医院的护士李抒墨。今天是我支援武汉的第8天。在我值班期间，有位叔叔需要输液，而我这是第一次带着这么多层手套给患者做穿刺。由于戴着多层手套，摸着血管的手感会变差，第一次，我穿刺失败了。我很抱歉地跟叔叔说"对不起"，而叔叔却反过来安慰我，他说："我知道，你们穿着这身装备很不舒服。不要紧，再扎一次。"我当时很感动，第二次穿刺我成功了，叔叔对我竖起了大拇指。我真的很感谢他们对我的理解。

　　我和同事们最大的希望就是能够看到患者脸上的笑容。他们乐观向上的精神也感染着我，让我忘掉了身穿防护服的不适。厚厚的防护服并没有隔住我们的热情，我们的心是一直都在一起的。

等你好了
我们一起去吃热干面

Chapter Eight

为医者，
奉命于
病难之间

姚艺　陈欣欣　周波　殷俊　金妮佳

她还那么年轻，

还有更多美好的事情在未来等着她，

希望她能坚持下去，

能健康地度过以后的每一个春夏秋冬。

扫二维码
听有声日记

我是武汉市汉口医院大外科护士长姚艺。

今天我的一项重要任务就是和同事们一起，到酒店为我们临床一线的工作人员做"消杀"工作。酒店一共有六层楼，住的全部都是我们的同事，大家都是加班加点，太辛苦了。

今天的第二件事情也很有意义，就是为我们胡主任送去午餐。胡淑芳主任已经在临床的一线工作了很多个日夜，她每天休息都没超过两个小时。昨天她病倒了，胡主任的先生也投入到火神山的建设当中，没有办法照顾她。大家自发地组成了一个胡主任的后勤保障团队，轮流给胡主任送去饭菜，也希望通过我们的照顾，能够使我们胡主任早日康复。我相信，我们汉医人一起努力，一定能够战胜病魔。

姚艺和胡主任，只能通过防护服上的文字确认

53

The
Angels'
Diaries

我是湖北省武汉市肺科医院 ICU 的护士,我叫陈欣欣。

我投入抗击新型冠状病毒肺炎疫情 1 个月了。今天我的工作很忙碌,我照顾的两个患者均上了 ECOM,其中一位沈奶奶刚来 ICU 的时候还能说话,她无时无刻不把自己的手机紧紧攥着,等着她女儿给她打电话。

沈奶奶对我说,她有些胸闷睡不着。其实我心里清楚,是她的病情日益加重了,呼吸功能在衰竭,主任和专家们讨论决定要为她进行气管插管。那天正好是我当班,我知道沈奶奶每天都等着女儿和她通话,我很想在她气管插管前拨通她女儿的电话,让她们再通一次话。可是当我找到她手机的时候,沈奶奶已经神志不清了,然后我们就立即抢救,进行了气管插管,接上了呼吸机,后来还为她用上了 ECOM。沈奶奶加油!我们会尽全力抢救,您也快点好起来,您的女儿还等着您回家。

自从疫情暴发以来,我的很多亲人、朋友知道我在一线,都很关心我,他们问我说,难道你不怕吗?我老公也对我说,要不你辞职算了,单位一棵草,家里可是一片天哪!我们的儿子还这么小。我很坚定地对他们说,如果我们都不上,这场仗就打不赢了。

我是来自武汉大学中南医院妇幼科的周波医生。

今天是我在前线支援的最后一个班，然后马上就要进入隔离，接下来就将由我的同事上第一线。其实回想起来，时间过得还是挺快的，我记得大年二十九那天，刚下 24 小时夜班，突然接到医院领导的电话，直接通知我当天晚上就要去前线支援发热门诊。我当时愣了一下，因为自己是从事妇产科专业的，从来没有涉及传染病方面。当时可以看到，很多的患者真的是很无助，所以没有什么顾忌的，就冲到了第一线。

我家里有一个刚满 1 岁的小孩，刚学会走路。我每天通过手机视频和家人聊一下天，只希望这场疫情早点结束。武汉是我们的家园，希望武汉这场疫情早点过去。

周波 01

周波 02

我是中南大学湘雅医院重症医学科主管护师殷俊。

今天是来武汉金银潭医院支援以来天气最好的一天。下午 1 点多下了班，走在空旷的马路上，阳光暖暖地洒在身上，微风轻轻吹在脸上，要是没有这场新型冠状病毒感染的肺炎疫情，这是多么温暖美好的一天。今天就是立春，希望代表生机和活力的春天能给所有患者带来生的力量。

我照顾的 6 床是位 24 岁的小姑娘，插着管，上着呼吸机，尽管呼吸机参数都很高了，但是血氧饱和度还是很不好，于是医生决定给她翻俯卧位。以前在自己科室，翻俯卧位如同家常便饭，但是在这里，每个医护人员都厚厚地武装着，每次用力操作就会感觉到防护服里面在滴水，每做一步都要停下来深呼吸一下，不然感觉自己

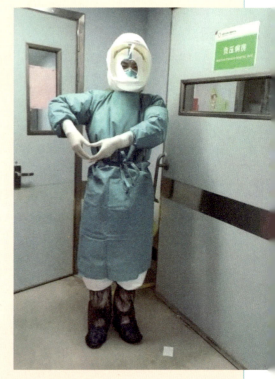

殷俊

也要窒息了。就这样慢慢地和两位女医生、一位女护士四个人花了将近一个小时才给患者安全地摆好了俯卧位，患者的血氧饱和度也慢慢上升到 95%。她还那么年轻，还有更多美好的事情在未来等着她，希望她能坚持下去，能健康地度过以后的每一个春夏秋冬。

The Angels' Diaries

金妮佳

我是浙江大学附属第二医院滨江院区发热门诊主管护师金妮佳。

今天是我在抗"疫"一线工作的第 18 天，说不害怕是假的，之前也没有经历过，但是选择了这份职业，我就该践行医者使命。愿这次疫情结束，所有同事都能健健康康、齐齐整整地继续共事，2020 年、2030 年、2040 年、2050 年……

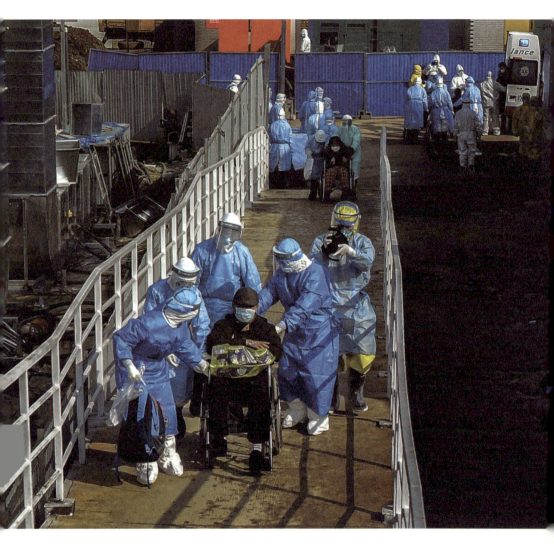

2月4日上午9时许，火神山医院迎来首批病人。

刘中灿　摄

张云侠
冯岳湘
殷俊
陈萍
刘丹

Chapter Nine

放下亲情，
擦泪继续战斗

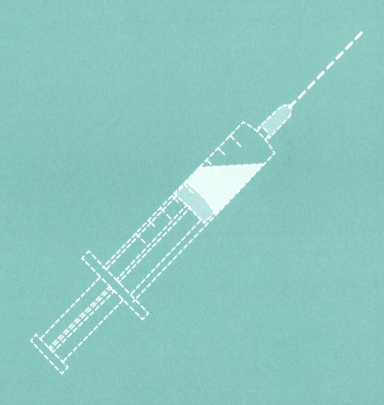

人 真 的 很 脆 弱 ，

在 病 毒 面 前 ， 谁 都 会 变 得 渺 小 无 助 ；

人 也 很 坚 强 ，

面 对 生 死 考 验 ， 只 要 有 一 线 希 望 ，

就 会 紧 紧 握 住 。

扫二维码
听有声日记

张云侠

　　我是武汉市肺科医院呼吸与危重症医学科二病区护士长张云侠。今天是我投入抗"疫"战斗的第 33 天。

　　36 岁的我是一位单亲妈妈，就在我准备接受第 2 次婚姻，重新组建家庭的时候，新型冠状病毒来了。作为一名医护人员，面对疫情，我毅然决定取消 1 月 23 日的婚礼。

　　就在昨天，有一位 80 多岁的奶奶因家人都被新型冠状病毒感染，都在外院住院，只能独身一人来院就医。我们了解情况后全程陪同老奶奶看病检查，让老人家感受到医院的温暖，让她不觉得孤单。

　　每天下班后，我都会与远在唐山的父母和儿子视频，儿子每天都会看电视，关注武汉疫情，看到那些穿着隔离服的医护人员都会不由自主地叫一声"妈妈"。听到这样的声音，我早已泪流满面，但再想想那些就诊的患者，我又得擦干眼泪继续战斗。虽然放下了亲情，但会赢得更多的生命！

2020 年 2 月 5 日

武汉 \ 晴

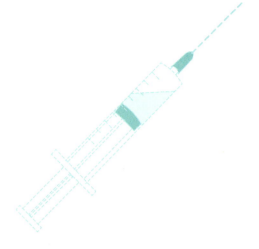

我是武汉汉口医院呼吸七科护士长冯岳湘。今天我要记录一下我可爱的同事们。

刘莉老师快 60 岁的人了，作为一名老党员奋战在一线，我科从感染科搬到心内科时，刘老师一整天都在对感染科喷雾杀毒。刺鼻的过氧化氢刺痛着她的咽喉，她始终没有退缩，确保了病人的安全。

心内科梁爽、李青拖着疲惫的身体为病人一趟又一趟搬运物资，累得半蹲在地上喘气，我问"要不休息一下再搬"，她们马上站起，继续搬运。她们一直在坚持。

大家共同与时间赛跑，白班本该 5 点下班，她们连饭都没有吃，一直忙到 10 点钟才离开病房；中班该 12 点下班，可她们一直忙到凌晨 2 点钟才消失在黑夜中。这仅仅只是其中一个画面，护士姐妹们，你们辛苦了，为你们大大点赞！

殷俊

　　我是中南大学湘雅医院重症医学科主管护师殷俊。这是我来到武汉金银潭医院的第 10 天。

　　转入我们南 7 楼 ICU 的病人几乎都是处于严重缺氧状态，胸闷气喘，意识也会因为缺氧而变得模糊，这个时候医生会立马给予无创呼吸机辅助通气，在纯氧下能维持血氧饱和度 90% 以上的就会继续观察，进行下一步治疗。不能维持的就需要气管插管，上有创呼吸机了。

　　5 床这位老爷爷是目前 ICU 唯一一位清醒也很配合的病人。虽然一直胸闷乏力，却也很配合我们的治疗和护理。但是，他今天很反常，我刚刚接完班几分钟就见他开始敲床栏，他带着无创面罩，说话也很费力，手指着监护仪不停地比画。原来他没有哪里不舒服，就是问自己的血氧饱和度是多少，听到我回复 94%，他就竖个大拇指，继续休息。接下来每隔几分钟他都会敲床栏，问同样的问题，无论我怎么安抚他好好休息，不要担心血氧饱和度的问题，他根本听不进去。后来才知道，他对面的病人血氧饱和度稳不住而插管了，他目睹了这一切，害怕下一个插管的就是自己了。由于病区氧压不稳定，很多插管上呼吸机的病人都在使用氧气罐供氧，因此，这位老爷爷以为氧气罐是救命的稻草，也要求我给他搬一个氧气罐放在他床边，说什么也不让别人搬走。人真的很脆弱，在病毒面前，谁都会变得渺小无助；人也很坚强，面对生死考验，只要有一线希望，就会紧紧握住。

　　ICU 里的工作，既是技术活，也是体力活，工作强度大不说，心理压力更大，但我不能退缩，也不会退缩。

2020 年 2 月 5 日

晴

陈萍

　　我是来自湖北孝感汉川市人民医院神经内科的护士陈萍。今天是我抗击疫情的第 10 天。

　　在今天一天的护理工作中，感觉有的病人精神越来越好了，由衷地为他们感到开心。而有的病人因为太多并发症，身体越来越衰弱，可他们却很无力，我只能在巡视病房的时候多观察一下他们，在操作时更加细心温柔一点。一有空闲时间，我就想多给他们喂点水和食物，想增加他们的体力，让他们能够与病毒做斗争。

　　我所在的城市一瞬间好像被按下了暂停键，大家都在等待重新播放的那一天。春天就要来了，我觉得离花开的日子也很近了。

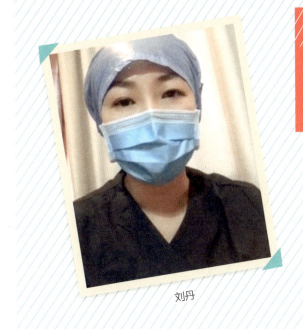

刘丹

　　我是刘丹，来自辽宁省肿瘤医院疾病预防与感染控制办公室。今天是我在武汉市蔡甸区人民医院济和分院工作的第 9 天。

　　今天是个特殊的日子。涛哥，你还记得吗？今天是我们结婚 10 周年纪念日。我很幸运，有一个同为预防医学专业的爱人，共同的专业让你比别人更理解我此次来武汉工作的意义。我住武汉，你在沈阳。虽然我们不能天天见面，但我们共同关注着这次疫情。

　　新型冠状病毒呀，你何时才能停止肆虐？这份离别的恨意，恐怕只有在你被全国"白衣战士"打败的时候，才能停息。涛哥，只是希望你的心如同我的心，我一定不会辜负你的相思意。武汉加油，中国加油！

比病毒蔓延更快的
是爱和希望

林帝浣供图

Chapter Ten

与病毒
争分夺秒，
责无旁贷

常乐
刘玉琦
张晶晶
蔡玉伟
杨楠

人 生 中 总 会 有 一 些 疲 倦 难 熬 的 时 刻 ，

这 个 时 候 ，

往 往 爱 能 奏 效 ，

此 时 的 武 汉 并 不 是 一 座 孤 岛 。

扫二维码
听有声日记

The Angels' Diaries

2020 年 2 月 6 日
小雨

　　我是武汉市汉口医院医务科的医生常乐，主要负责医务科的协调工作以及物资的收取。我感觉很多护士就像我们的妹妹一样，只有提供更好的物资，才能放心地把她们送到前线去跟疾病做斗争。

　　非常感谢很多海外的华人，给我们捐赠了特别多的东西。还有很多国内的朋友，只要我在朋友圈里面发出我们需求的东西，基本上一到两天，就可以全部捐赠到位。甚至有一些是小学生、中学生，他们给我们捐款——虽然我们不能收——5 块、10 块、20 块、50 块，这样的转账收到非常多。我接到很多快递，寄给我们 1 个口罩或者是 10 个口罩，我觉得这点点滴滴都能够汇聚成帮助我们的海洋。

　　最近这两天，最让我感动的是钟南山院士，他的钟南山院士基金会给我们捐赠了 100 台制氧机以及 400 台空气净化器，缓解了我们临床很大的一部分压力，我们也非常感谢钟南山院士。我觉得我们中国人真的是非常非常的团结。

刘玉琦和同事们

我是来自湖北省第三人民医院的护士刘玉琦。从病毒手里"抢"人，我们责无旁贷。你如果问我害怕吗？我会毫不犹豫地告诉你：怕。我的城市它以壮士断腕的决心和勇气将自己隔离起来了，但是，无法隔离的是全世界对我们医护人员的关爱。

脱下防护服后，满身的汗很容易使我们着凉，服装企业捐赠了厚实又漂亮的羽绒服。有大量餐饮企业免费给我们配送一日三餐，多家住宿企业停业消毒，为我们免费提供房间住宿。

我还没来得及发愁自己日常的通勤问题，免费接送医护人员的志愿者车队在一夜之间成立了。有一天在上班的路上，我问送我的那位志愿者，你为什么选择当志愿者？你不怕我们吗？那位志愿者憨憨一笑，说，谢谢你守护世界，那么就让我们来守护你。

人生中总会有一些疲倦难熬的时刻，这个时候，往往爱能奏效，此时的武汉并不是一座孤岛。我想，我无法泄气，不会倒下。

我是湖北省枣阳市第一人民医院中医科的医生，我叫张晶晶。今天是我投入到抗击新型冠状病毒肺炎疫情的第 15 天，也是我男朋友——耳鼻喉科医生雷俊投入到抗击疫情的第 13 天。我是医院首批进入隔离病区的医生，就在两天后，得知雷俊也加入到抗"疫"一线，我当时想，万一我们两个都感染了怎么办？他却说"你一个人在隔离病区我不放心，我去了正好多个伴儿"。

张晶晶和男友雷俊

每天反复地消毒和清洁，我们医护人员出现了双手皮肤干裂、面部皮肤灼伤，甚至有些同事因为紫外线照射导致角膜上皮损伤，睁眼困难。但是大家没有抱怨，没有退缩。今天早上交班的时候，我听见了这半个月以来最振奋人心的消息：昨天下午我市已有 7 名病人治愈出院。

我第一时间将我的喜悦之情分享给了他，我说：会有越来越多的患者治愈出院的。等疫情结束了以后，把我们的爸妈都接过来，在春暖花开的日子里，完成我们心中最美的婚礼吧！

温州 \ 雨

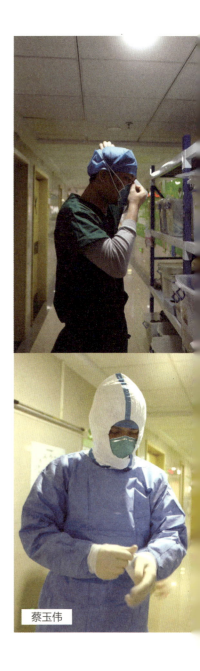

蔡玉伟

我是温州市第六人民医院感染科医生蔡玉伟，今天是我进入医院隔离救治点的第 21 天。

1 月 17 日，突然接到了上级通知，温州市感染新型冠状病毒的患者将收治到我们科室。1 月 24 日，除夕，下午两点，我们收治的感染新型冠状病毒的患者杨先生治愈出院了，他也是全省首例成功治愈的病例。

2 月 1 日，是我进入隔离救治点的第 16 天。按照医院的安排，我们第一批医护人员是可以进行轮班换岗的。我向组织申请要求再次留下来，第一，因为我工作时间比较久，已经熟悉了隔离病房的工作，留下来可以带新来的医生；第二，也是希望可以节约一下医疗资源，让更少的医务人员进出疫区。

我家大宝每次都问："爸爸你在哪里呀？什么时候回家陪我玩呀？"现在答案我也给不出来，在这个疫情弥漫的时刻，我相信所有的人都会舍小家、顾大家。没有一个冬天不可逾越，没有一个春天不会来临。

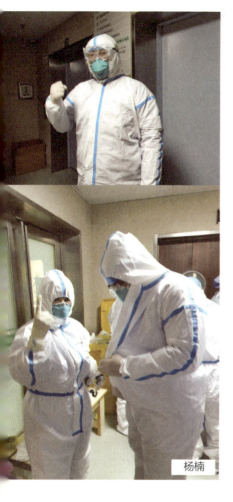

杨楠

　　我是河北省河北医科大学第三医院呼吸二科的医生杨楠，今天是我来到武汉市第七医院支援的第 11 天。

　　"这个病人等一下核酸结果，如果还是阴性，也可以出院了，这两天出院的病人会比较多，你们辛苦一下。"这是这两天病区主任最常交代我们的事。辛苦？一点都不辛苦。我现在最爱干的事，就是写出院病历！一份出院病历，记录着一个患者发病、诊治、愈后的全过程，记录着患者和医护人员对抗疾病的全过程。

　　在隔离病房工作七八个小时出来后，感觉累得连吃饭的劲儿都没了，拿起手机，看到媳妇给我发来的一段视频，瞬间泪奔。视频里女儿朝着窗外喊："爸爸，我想你了！"因为奶奶告诉她"那就是武汉的方向，你大声喊，爸爸就能听到"。

　　闺女，爸爸也想你！但为了你和更多的小朋友能在阳光下畅快地呼吸、快乐地玩耍，我和叔叔阿姨必须留下来打赢这场战"疫"！等我，等我，等我回去陪你慢慢长大！

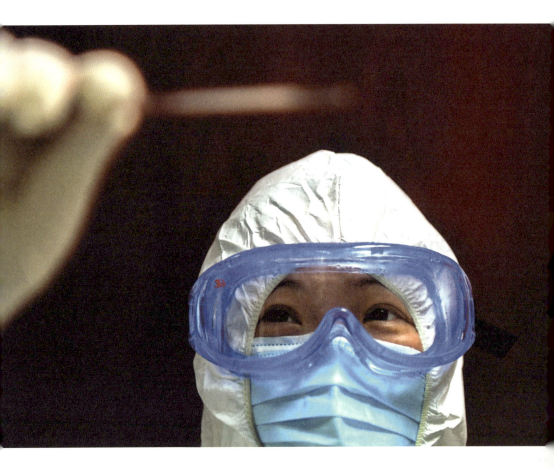

武汉荣军医院忙碌的护士。
李辉 摄

Chapter Eleven

"妈妈在
武汉医院"

李杨宇婧　常彩芳　郑斌　程海娇　滕彦娟

等 你 长 大 以 后 ，

妈 妈 会 给 你 讲 述 2 0 2 0 年 发 生 了 什 么 ，

妈 妈 还 会 带 你 来 一 次 武 汉 ，

跟 妈 妈 共 同 认 识 一 下 这 座 充 满 爱 的 城 市 ⋯⋯

扫二维码
听有声日记

工作中的李杨宇婧

　　我是武汉市中心医院急诊科护士李杨宇婧，今天是我在战"疫"一线工作的第39 天。

　　这一个多月以来，我先后转战隔离病房、发热门诊两个阵地，负责重症病人护理、咽拭子采样等工作，由于工作性质，与患者经常近距离接触，暴露的风险较高，所以我深知做好个人防护很重要。

　　从 2 月 3 日开始，我利用轮休的时间做起了防疫宣教员。每天中午在发热门诊候诊区，拿着扩音喇叭高声喊话，对着电子屏上的幻灯片逐条讲解，同事现场配合我做动作演示，教大家怎么戴口罩、如何科学洗手、家里怎么消毒等，一堂课要讲40 分钟。

　　讲课结束后，我们还留了"自由提问"环节。大家提问很积极，尽管有扩音器，我们还是得扯着嗓子答话。

　　疫情当前，防病与治病一样重要，一些患者家属不重视个人防护，很容易出现交叉感染，我们作为医务人员有责任做好宣传教育，减少一个病患，就是造福一个家庭。

常彩芳（中）

我是河北北方学院附属第一医院感染科的医生常彩芳，今天是我支援武汉第七医院的第 12 天。今天我接收了一位普通型的病人，结束常规问诊和查体后，就在我要走出去的时候，她叫住了我，说："大夫，我能活下来吗？我一定要活着，我的父亲、母亲都已经不在了，先生也在隔离治疗，我的孩子还没有人照顾，所以我一定要活下去。""一定可以的。"我握住她的手，泪水瞬间如泉涌。是的，我们都得努力活着。

在医院的日子里，急诊、门诊的床位全部都是高效率运转，基本上前一个病人输完液，另一个病人马上会躺上去。我们没时间悲伤，也没时间自责，更没有时间怨天尤人，我们能做的是有限的，但也还可以不断地尝试，做得更多、更好。

加油吧！我的战友们，因为有很多人需要我们，我们不能放弃，不能倒下。我相信疫情终会过去，这场无硝烟的战争我们终将胜利。

我是武汉市汉口医院的医生郑斌。我是负责门、急诊治疗小组的组长。在急诊室看到很多轻症、重症和急重症的患者。有很多老人，他们在吸氧的状态下血氧的饱和度也只有不到80%。看着很心痛，我们尽我们的努力，但仍有一部分人，因为病情太重离开了我们，那个时候心情是很难受的。

作为一个医生，希望自己能够救治每一位患者，但是在疫情面前，我们也有无能为力的地方。在跟病人和家属的交流过程中，绝大部分患者和家属都相信医生、相信护士、相信我们的政府，相信我们能够一起获得这次抗"疫"的胜利。谢谢，继续加油，继续坚持！

郑斌

程海娇

我是吉林省首批驰援湖北医疗队队员、吉林大学第一医院胸外科护士程海娇。今天是我在武汉市同济医院中法新城院区工作的第 13 天。

在武汉，我最牵挂的就是 29 个月大的宝贝女儿 Amy。还记得上次跟她视频的情景。

平时小小 Amy 总是愿意自编自演，去演绎自己心中的想法。视频中，喜欢小猪佩奇的 Amy 一手拿着乔治，一手拿着猪妈妈，开始了她的表演。

乔治说："妈妈你什么时候回来呀？"

猪妈妈说："怎么了？"

"我想妈妈了！"

"可是，妈妈在工作，乖！"

"乔治，你知道妈妈去哪里了？"

"妈妈在武汉医院。"

这时的我早已忍不住眼中的泪水……现在的你还不知道武汉在哪里，医院是什么地方，妈妈又在做些什么。等你长大以后，妈妈会给你讲述 2020 年发生了什么，妈妈还会带你来一次武汉，跟妈妈共同认识一下这座充满爱的城市。这座城市是妈妈曾经跟许多叔叔阿姨共同舍弃小家，用生命守护的地方，希望长大后的你也会做一些自己认为有意义的事！

滕彦娟

我是上海市第六人民医院东院的一名护士，我叫滕彦娟。在我上班的第 2 天，认识了一名患者。让我特别注意她的原因，是因为她感染了新冠肺炎之后决定终止妊娠，怀孕不到 8 个月剖宫产生下了第二个孩子。大概由于我也是二胎妈妈，我的宝宝不足 10 个月大，所以才感同身受，我们就慢慢地开始聊起来。

我给她简单说了一下我的情况，我说我也是二胎妈妈呀，二胎妈妈都是特别坚强的，她也蛮有感触地说"是的"。她说："我也有两个宝宝，这次是因为感染了新冠肺炎，让我的宝宝提前来到人世。但是，他很健康，我就觉得很满足了。"我说："对呀，宝宝很健康的话，作为宝宝的妈妈，我们也要特别的健康，是不是？你看我们从上海过来，支援你们，就是对你们的治疗充满了信心。"然后她也说："对的，我看到你们从上海那么远的地方来支援我们，你们都是上海特别厉害的医生和护士，看到你们，我就对自己充满了信心。"我说："你肯定会治好的，你肯定会见到你的大宝和二宝的，你们一家子都会很幸福的。"

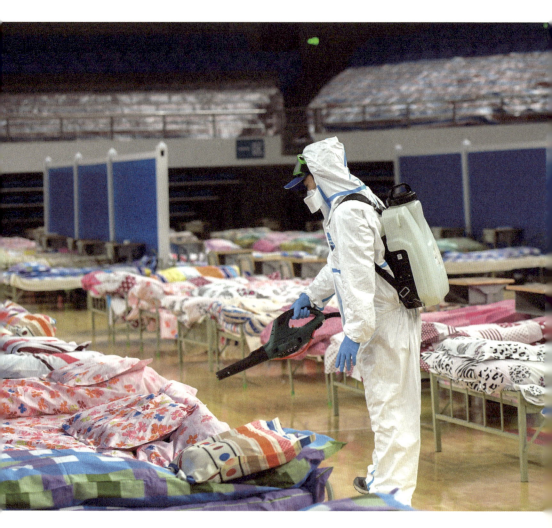

武汉洪山体育馆方舱医院的医务人员在给病床消毒。
刘中灿　摄

刘辉国
文川
邓巍
冯世波
王丛欢

Chapter Twelve

"你想我了，
就吃了这颗糖"

这 颗 糖 ，

是 来 武 汉 前 收 拾 行 李 时 ，

儿 子 塞 进 我 的 行 李 箱 的 ，

他 说 ："妈 妈 ， 如 果 你 想 我 了 ， 就 吃 了 这 颗 糖 。"

扫二维码
听有声日记

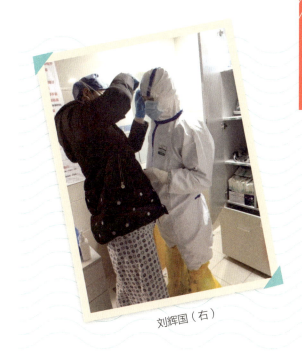

刘辉国（右）

　　我是华中科技大学同济医学院附属同济医院呼吸内科医生刘辉国。我现在正在同济医院中法新城院区 10 楼 C 病区。我在这里刚查完病房。

　　说实话，我看到这么多病人，而且有些病人病情比较危重，我的心情非常沉重。我期望有更好的抗病毒药物、有更好的治疗方法，使这些患者早日恢复健康。虽然我心情很难过，但是我也感觉到有一缕缕阳光，因为各地的很多医务工作者来到这里，我们互相帮助，互相打气。我相信，只要全国人民一起努力，我们一定能够胜利。医院即将开放更多的发热病区，我们一定能战胜病魔。所有人都在给我们鼓劲儿，给我们国家鼓劲儿，给我们人民鼓劲儿，谢谢你们！

　　我是中南大学湘雅二医院国家紧急医学救援队队员文川，这是我来到武汉洪山体育馆方舱医院的第 5 天。

　　春雨贵如油，但"倒春寒"却让这个城市显得更深沉。来到此处，我的心情更多的是激动，也有些许担心，毕竟是在病毒密度非常高的舱内。对于患者的情况到底如何，需走到床边才能详细了解，才能掌握实情，才能做出下一步判断。在队友精心细致的一番"打扮"后，从头到脚我裹得密不透风，只有眼珠的转动才看得出里面藏了一个人。我的护士战友也是如此，我们虽然相隔咫尺，却也只能靠背部用笔写的名字才能分清对方。

　　记得完成交班后，离开洪山体育馆时已是午夜。我希望明天早上来接班的时候，舱内病人依然安好，我也相信明天一定是晴天！

文川

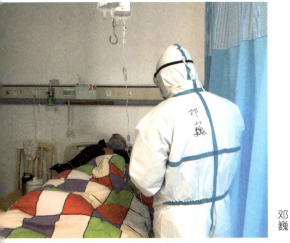

邓巍

2020 年 2 月 8 日
多云

邓巍（右）和同事

　　我是武汉市第一医院整形外科医生邓巍。在做整形外科以前，我做过 10 年的 ICU 医生，所以在这次疫情中，我自愿报名参加了武汉市第五医院的医疗救助队，共 8 天的时间，现在在家医学隔离。

　　在家医学隔离期间，我还一直不间断地接受来自各方的电话或者是网络咨询、问诊。一开始咨询的人很多，大家都显得很慌乱，对自己身上的任何一点不舒服都会怀疑，我会给他们一些实用的操作建议。

　　欣慰的是，这一两天咨询的人在逐渐减少，并且基本上都是一些轻症，这说明现在采取的一些防控措施已经见到了成效。如果身体允许，我还想再上一线，我不怕累，只希望能快点打赢这场战。

冯世波

我是湖北省武汉市汉口医院骨科医生冯世波，今天是我参加抗击新冠肺炎疫情的第 17 天。

17 天前，随着疫情逐渐加重，我被院领导任命为医疗总监，主要工作职责就是调节医患之间的矛盾和协调病患住院。今天我在各个病区巡视，来到急诊科之后，看到患者数量比之前有明显的下降，心里真是无比的高兴。跟一线的医护人员比，我的工作算不了什么，他们才是最辛苦的。

今天是元宵佳节，在此向奋斗在一线的医护人员致敬，祝你们节日快乐，希望你们保重身体，早日战胜疫情。

王丛欢

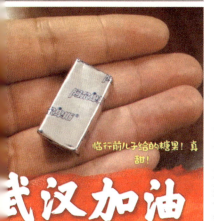

临行前儿子给的糖果！真甜！

武汉加油

王丛欢临行前儿子给她的糖

我是河北医科大学第一医院呼吸与危重症医学科护士王丛欢，今天是我来武汉市第七医院的第 13 天。

转眼间，来到武汉已经十几天了，在武汉隔离病房的工作已经步入正轨。昨天晚上值夜班，虽然工作很忙，但是很顺利。夜班是和武汉市第七医院的一个小护士一起值的，这名小护士是个"90 后"，还没有结婚。疫情发生后，她义无反顾地加入了抗"疫"行动，从年前至今一直都没有回过家。正值花样年华，作为女儿，谁不想家？但是她说，只要穿起这身白衣，这就是责任。

今天一大早就接到了家里的电话。电话那头的儿子反复地说："妈妈，妈妈，昨天晚上我梦到你了，我想你了，你想我吗？你想我的时候就把我给你的糖吃了。"这颗糖，是来武汉前收拾行李时，儿子塞进我的行李箱的，他说："妈妈，如果你想我了，就吃了这颗糖。"

作为医务人员，只要有疫情，我就要穿上"战袍"勇往直前。但作为一位妈妈，一位从事医务工作的妈妈，我亏欠家里太多。我想对儿子和老公说：你们放心，我一定会平安归来。只要我们坚定信念，武汉，一定会好起来！

正在佩戴护目镜的护士。
刘中灿 摄

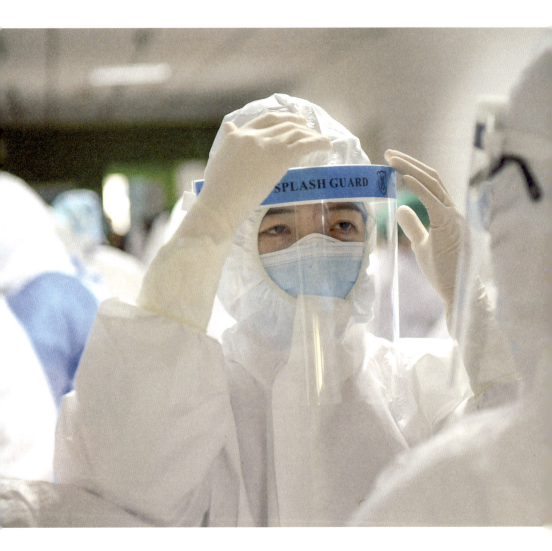

Chapter Thirteen

做住院患者的 "通信兵"

汪晓婷
陈旭冯
李建顺
陆勇峰
项雪莲
赵一波

那 一 刻 ，

我 决 定 要 做 奶 奶 和 她 爱 人 的 " 通 信 兵 " ……

希 望 我 传 递 的 牵 挂 和 惦 念 ，

能 够 带 给 他 们 与 病 毒 抗 争 的 勇 气 和 力 量 。

扫二维码
听有声日记

　　我是湖北省武汉市武昌医院的医生汪晓婷。今天是我投入到抗击新型冠状病毒肺炎疫情的第 18 天。我们医院是新冠肺炎的定点医院，为了保障医护人员及家属的安全，在资源有限的情况下，院里为员工安排了食宿。我家离医院不算远，和老公商量后决定把机会留给其他远一些的同事。但我在发热门诊上班，担心家人的健康，还是选择自己住在上班路上的一家旅馆，不敢回家。

　　每天接诊发热患者，为他们安排检查、治疗，安抚患者情绪。班次结束后跟同事交流经验，了解诊疗进展。下班回到旅馆，已经不想再动了。为了保证我的营养，老公细心地为我准备晚餐。我的老公叫汪莹鹤，是理工男一枚，铁四院的教授级高级工程师，常年在工程一线出差，是个"厨房小白"。以前偶尔给我当一回帮厨，需要我花更多的时间为他清理"战场"。经过这十几天的锻炼，现在我的大厨已经可以为我做出红烧鱼块这样的"硬菜"了，特别高兴他厨艺的进步，也感激他对我工作的支持。

每个星期我有 3 个夜班，凌晨从旅店走去医院，身后总有熟悉的车灯照亮道路——这是老公开着车来送我。为了避免感染的风险，我不能上车，他就在我身后慢慢开着车，用车灯陪伴我。

这十几天，我每天吃着老公做的饭菜，又在他打出的灯光里走去上班，但是我们没有办法面对面交谈。今天我在电话里跟他说，门诊有些患者已经和我们医生成了共患难的朋友，遇到了几个复查 CT 显示病灶部分吸收、病情好转的，而且患者中新面孔也比之前少了，我很为他们开心。

老公问我，现在你上门诊会害怕吗？亲爱的，我不再害怕了，是你和患者们给了我更多的勇气。

2 月 9 日，汪晓婷收到丈夫做的饭菜

陈旭冯（右一）和同事们

　　我是武汉市汉口医院刘店街急救站医生陈旭冯，今天是我投入抗击疫情的第18 天，也是这段时间难得的晴天。我院是武汉市第一批新冠肺炎定点医院之一，我主要负责院前急救和病人的转运工作。

　　我还记得上一个班接到一个重症肺炎的婆婆，当时情况非常糟糕，血氧饱和度仅有 60% 左右，我立即给予吸氧等医疗处置。随车的爹爹一直紧握着婆婆的手，不断地鼓励老伴要坚持，要活下去。由于爹爹没有防护措施，出于医疗安全的考虑，我建议爹爹不要接触婆婆，但是爹爹说："她是我老伴啊，我也知道会传染，但是我不照顾她，谁照顾她？"当时我瞬间泪目了。这样的感动，一幕幕地印刻在我的脑海里。但是我相信明天还会是晴天，春天也会来，武汉一定会好起来。

　　我是河南支援湖北医疗队队员、新乡医学院第一附属医院重症医学科护士李建顺。今天是我来到武汉的第 15 天。前两天，我去给一位患者奶奶换免疫球蛋白。她问我，住在 10 床的她爱人，是不是也输上了免疫球蛋白。我回答说："输着呢，政府免费给大家看病，放心吧！"奶奶连忙点头，小声念叨着："那就好，那就好。"那一刻，我决定要做奶奶和她爱人的"通信兵"。每次经过他们的病床，我总是会停下来多叮嘱一句："22 床奶奶是您爱人，她让我来告诉您，晚上睡觉要盖好被子"，或是"奶奶，爷爷让我告诉您，他很听话，您放心吧"。希望我传递的牵挂和惦念，能够带给他们与病毒抗争的勇气和力量。

李建顺（右三）和同事们

陆勇峰

2020 年 2 月 9 日
武汉 \ 晴

　　我是江苏支援湖北第二批医疗队队员、苏州市立医院东区的护士陆勇峰。今天是我来到武汉市江夏区第一人民医院支援的第 11 天。

　　作为一名"95 后"男护士，我既有从未经历的紧张、疲惫，也有从未体会的温暖和感动。

　　走进病房，靠近门口的是一位年过七旬的奶奶，她的女儿静静地坐在床边陪她。病房里只听见喘气声、心监声、点滴声。我轻轻地走到奶奶的身旁，掩了掩半落的被子，给她重新进行静脉穿刺。整个过程很顺利，她女儿不断地安慰着母亲。

　　当我出门时，她女儿的话语久久萦绕于脑海中。她是这么说的："妈，等下打针你忍着点，医生们这么辛苦，我看见汗都滴下来了，感谢他们来武汉帮忙，我们也不能为他们添麻烦。"

　　听者有意，不知不觉，我眼角有些湿润。身上的隔离服阻挡病毒，却不能阻隔温暖的传递。

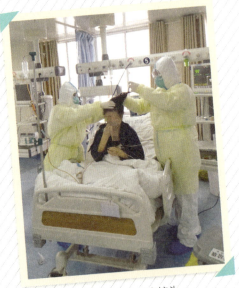

项雪莲和同事为患者梳头

我是内蒙古自治区人民医院重症医学科护士长项雪莲，今天是我参加抗击疫情的第 11 天。

几天前，在我们支援的湖北省京山县仁和医院，ICU 收治了一名 56 岁的女性，戴着呼吸机，她表情痛苦，手一直力不从心地想要整理凌乱的头发。我想她一定是一位爱美的女性，就和同事李进鑫一起为她梳理头发，还给她编了一个拿手的麻花辫、擦洗了脸庞，再戴好呼吸机。她觉得舒适了很多，紧缩的眉头也逐渐舒展开，还向我们艰难地竖起了大拇指。这一刻，我们心里好像也轻松了许多。

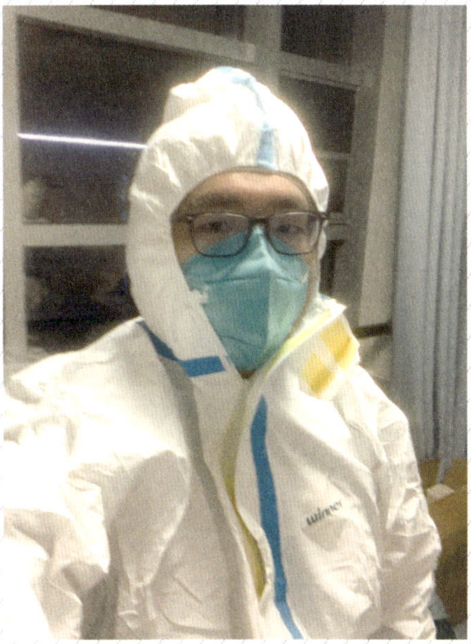

赵一波

　　我是北华大学附属医院呼吸内科的赵一波。今天是我来武汉同济医院中法新城院区发热病房的第 14 天。

　　昨天是元宵节，夜班的时候，疗区里有一位中年男性重病患者，他说终于可以自己坐起来，也不气促了。我们俩唠嗑，回想他刚入院的时候还戴着氧气面罩，我们俩同时说了一个词——两世为人。最近越来越多的患者一见到我们就问好多问题：有问疫情的，有问现在有没有特效药的，还有问预后和药物副作用的……中日联谊医院的王先文老师和北华大学附属医院的史绍丽老师就带着我们兵分两路，逐一解答患者的问题。

99

挨个解答问题其实特别费劲，真的。隔着防护服，你得听清楚患者的问题，然后还得确保我们说的话患者能听得明白。虽然要重复很多话，但是我挺高兴的。因为他们刚来的时候最担心的都是自己能不能活，而现在呢，他们要琢磨的是以后的生活质量。也许再过几天，他们就得琢磨一下谁来接他们出院，也可以琢磨一下怎么弥补大年夜的那顿团圆饭了。当然，我们作为医生一定不会盲目乐观，我们的战斗还没有停止。

我写了一首词，聊表我的心境：

水调歌头·战武汉

庚子年正月十五，夜班，望月有感

清风舞白露，孤月伴春寒。十万天将执戟，报国显忠肝。北国千里雪行，南疆万引征程，西东共驰援。仁心济天下，妙手擎巨澜。

旺荆山，起黄陂，应武汉。何有恐怯，五星旌旗破新冠。回首月余战果，展望廿年宏愿，恰望月云间，压城终退却，中天犹玉盘！

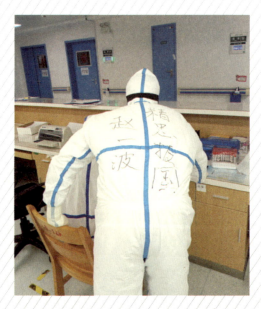

赵一波

Chapter Fourteen

做守卫健康的"大白"

吴曼　魏琦　王艳丽　王晶　葛圣婷　刘启慧　周杰楠

我们的方舱就像一艘行驶在狂风巨浪中的大船，

身穿白色防护服的我们就像守卫健康的"大白"。

我们一定会守护着你们平安上岸！

扫二维码
听有声日记

　　我是武汉市中心医院后湖院区内分泌科护士吴曼,今天是我在战"疫"一线工作的第 17 天。2 月 8 日,我在护理患者易老先生时无意中听到他说:"明天就是我的生日了,好想吃碗长寿面。"

　　下班后,我把这个事情发在工作群里,同事们都想要为易老先生做些什么。胃肠外科护士黄如娴接下了长寿面的任务。2 月 9 日临近中午,黄如娴在家先用面包做了个生日蛋糕,并插上了几根蜡烛,然后下好长寿面。我、黄如娴和其他护士把蛋糕和长寿面送到易老先生面前,并播放生日歌,为他拍手祝福,加油鼓劲。

　　易老先生对我们说:"你们让我度过了一个别开生面、永生难忘的 76 岁生日,让我重拾战胜病毒的信心。虽然你们穿着防护服,戴着面罩,我看不清你们的脸,但我相信你们都是最美的白衣天使。"

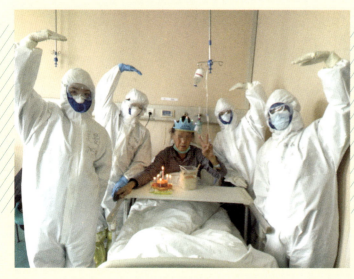

武汉市中心医院
病房里的生日

　　我是武汉市汉口医院肝胆胃肠外科的医生魏琦，今天是我参加抗击新冠肺炎疫情的第 20 天，现在主要负责发热门诊的急诊和危重病人的管理。

　　急诊抢救室已经超负荷运转了多时，各式各样的防护服和 KN95 口罩我们都穿戴过，但我们还能克服。

　　我爱人也是我们医院的护士，现在在隔离病房。我们最放心不下的还是两个娃，由我妈妈一个人在乡下照顾。她是很要强的人，每次打电话都说家里很好，让我们安心在医院工作。但我能想象，一个 6 岁和一个 3 岁的小孩，正是调皮的时候，她可能连做饭都是慌慌忙忙的。现在期望，全国人民一起努力，战胜这场疫情！

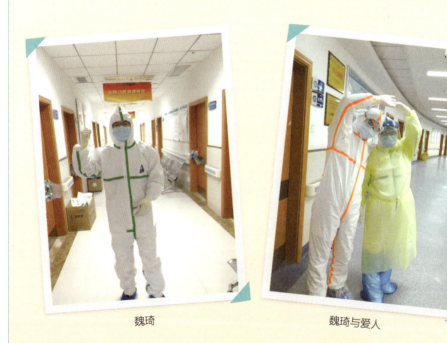

魏琦　　　　　　　　　　　　魏琦与爱人

我是武汉儿童医院呼吸内科的医生王艳丽。武汉儿童医院是武汉市儿童新冠肺炎唯一一家定点医院，我和我们科室的姐妹们已经在隔离病房连续工作了 15 天。

前两天是元宵节，大部分同事都忘记了这个节日，细心的护士长李文清没有忘记。一大早，她安排好科室的事务后，赶紧请在休息区的护士把汤圆煮了，把热腾腾的汤圆送到每个住院的患者手上："来，吃点甜头。"

王艳丽

我们虽然没有吃到汤圆，也没能和家人团圆，但看着他们的笑脸，心里也暖暖的。

那天还有暖心事儿。下午，我走出病区回到休息区准备吃饭，发现护士姐妹们都在小教室忙忙碌碌，不一会儿桌上就摆满了我们能找到的各种食品，还有一个小蛋糕。我这才知道，护士长的生日已经过了两天了，大家约好要给护士长补过一个生日。护士长一进门，感动得哭了，我们每个人距离一米以上，挨个给她送去祝福。

科室的"开心果"说，这个日子，我们多老都不会忘记。

王晶

　　我是孝感市中心医院隔离一病区护士长王晶，今天是我参加抗击新冠肺炎疫情的第 12 天。这些天里，我主要与重庆援助湖北医疗队负责病区管理、临床护理和组织协调工作。

　　除了基础治疗，我们每天还会给患者精神上的鼓励。比如我们 37 床的老爷爷——67 岁的重症患者，刚住进来时很沮丧，通过我们每天与他聊天，对他进行心理安慰，他的情绪现在已经较住院之前有了明显的缓解，甚至还能自己吃饭了。

　　我希望在医院里面的患者都能像他一样，有坚定的决心、有康复的信念。此时此刻，如果有快进按钮，我希望能直接到我们战斗胜利的那一天！

王晶在病房中

我是上海复旦大学附属华山医院虹桥院区的护士葛圣婷，今天是我在战"疫"一线工作的第 7 天。

经过前几日的建设和规划，我们所在的武昌方舱医院已渐渐进入正轨。今天，是我第一次进舱。说真的，即使做好了心理建设，站在"病人区域"大门前的时候，还是止不住的心跳加快。

我把门推开，门后的景象很平和。从早上 8 点到中午 12 点，我进仓的第一个 4 小时"嗖"一下就过去了。叔叔阿姨们就像我的亲人一样，关心我累不累。尽管我的后背已经湿透，但我仍不想错过看护他们的每一秒。

我们的方舱就像一艘行驶在狂风巨浪中的大船，身穿白色防护服的我们就像守卫健康的"大白"。我们一定会守护着你们平安上岸！

葛圣婷

葛圣婷与同事

　　我是海南省人民医院心脏外科 ICU 的护士刘启慧。今天是我到达武汉的第 14 天，是抗击新冠肺炎疫情的第 11 天。

　　昨晚给外公外婆打电话，骗他们说我在医院（海南省人民医院）比较忙，可能没空给他们打电话。结果他们说已经知道了我在湖北，希望我能经常给他们打电话报平安，注意安全！我停了几秒回复"好的"。

　　外公曾是南京某军区的一名军人，他说："一方有难，八方支援。现在换你上战场了，一定要注意安全、保重身体！"外公，等疫情结束了，我一定回家看你们。远方的你们请放心，我们一定平安归来！

The Angels' Diaries

我是湖南中南大学湘雅二医院国家紧急医学救援队队员周杰楠。昨天是我 29 岁的生日，从湖南来到武汉，临行前，我到医院职工理发店理了个寸头，作为自己特殊的生日礼物。这个寸头，和母亲是同款。

2014 年 5 月，同为湘雅二医院护士的母亲进行了右侧乳腺癌根治术后并接受了四期化疗。头发掉光之前，她主动选择把头发剃了，我知道她是怕我一天天地看着难受，剃完头，母亲笑嘻嘻地问我：还好看吧？

四个疗程化疗结束后，黑色的"小草"悄悄从她的头顶冒了出来。慢慢地，母亲从寸头过渡到了可爱娇俏的短烫发。

2 月 9 日，带着同样的乐观，我剪了个和母亲同款的寸头。既节省了打理的时间，又方便了穿脱隔离防护设施。趁着我的 29 岁生日，向母亲说声：辛苦了，谢谢你生我为人，谢谢你教育、陪伴我长大，谢谢你教我用同款寸头迎战病魔。我会平安回来，那时候我们抛弃口罩，我要好好和你讲讲此行的见闻和收获。

剪成寸头的周杰楠

周杰楠与妈妈

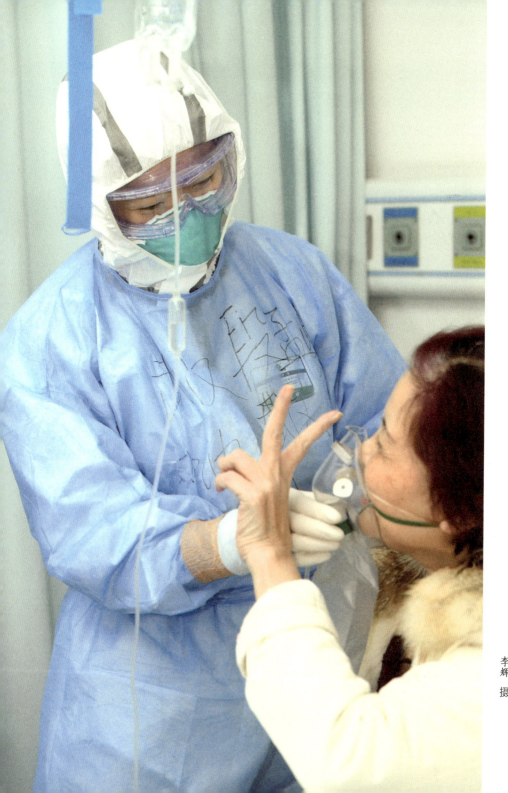

『红区』里的护士与患者。 李辉 摄。

马永刚
姚志萍
彭纷霞
姚盼盼
危灿灿

Chapter Fifteen

他的那种思念，我懂

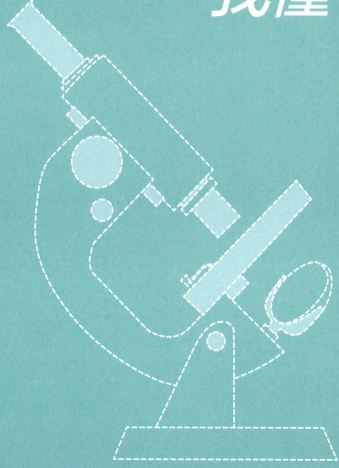

他已经整整20天没有回家了，

家里还有一对6岁的龙凤胎宝贝在等着他……

听到这，

我也想到了我3岁半的小宝贝，

他的那种思念，

我懂。

扫二维码
听有声日记

马永刚

我是马永刚，来自武汉大学人民医院骨三科，现在是武汉大学人民医院武昌方舱医院的医疗队长。刚刚签署了一批防护用具，在签字的时候我才忽然想起来，今天是我的生日，43 岁生日。

来武昌方舱医院治疗的病人都是确诊的轻症病人，但是病人的情绪并不稳定。一方面是因为他们来到了一个陌生的环境，非常不适应；另一方面是因为他们对自己病情的担忧，害怕自己会病情加重而得不到更好的治疗。

我来到方舱内和每一个病人进行深入的交流，告诉大家，如果你在家里就很有可能感染你的家人。但是来到了方舱医院，我们这里有药物可以给大家治疗，而且有医生和护士给大家提供指导，会随时监测你的病情变化。如果康复了，就可以回家；如果病情加重，我们就会把你转到定点医院进行进一步的治疗。听到这些解释，病人的心情都放松下来，积极地配合我们的治疗。

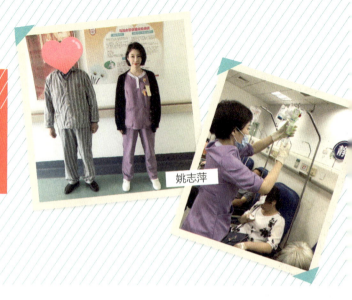

姚志萍

　　我是上海复旦大学附属华山医院的护士姚志萍，今天是我在战"疫"一线工作的第 8 天。

　　今天，我们武昌方舱医院迎来一个特别振奋人心的消息：我所在的西区一共有12 名患者可以出院了！下午 4 点钟，我接到了负责护送他们走出方舱医院的任务！

　　其中有一名患者引起了我的注意，他怎么穿着睡衣睡裤和棉拖鞋就出院了？我跑过去问他："今天出院了，你怎么也不换套衣服？"他告诉我，从第一天在当地医院确诊，到入住方舱医院，再到今天出院，他已经整整 20 天没有回家了，家里还有一对 6 岁的龙凤胎宝贝在等着他……听到这，我也想到了我 3 岁半的小宝贝，他的那种思念，我懂。

　　他说，终于可以抱抱孩子们了。虽然有点不忍心，但我还是立即打断了他的话："同志，虽然你出了方舱医院，但到了家还是要继续隔离 14 天以上，只有居家隔离结束，再来复诊，你才能彻底自由。"

　　他听完连连点头："我太兴奋了！护士，你说得对！我要隔离！"说完，他就哭了。他说我们是英雄，是天使，没有我们，他们不会那么快出院。

　　其实我没有他想的那么伟大，作为一名党员，我能做的就是服从组织安排，护理好他们，让他们尽早回家和家人团聚。

我是广州市妇女儿童医疗中心感染科的彭纷霞。上个星期三的晚上，从潮州市送过来的一个孩子，没有家属陪着，才两个月大，很可爱的一个宝宝。我们当班的护士在他的衣服里面发现了一张小纸条，是他妈妈留下来给我们的，上面写着小孩子有个小名叫坨坨。让我们一定要救救孩子，他还那么小，才两个月，都没有好好地看这个世界。她还表示相信我们，相信政府，现在只是暂时的分离。

彭纷霞

我们每天都会发照片给他妈妈，他妈妈也会觉得很心安。其实一开始我也挺茫然的，因为我们之前没有那么小的宝宝，很多东西都没有，包括小孩子的衣服。我们要穿上防护服，还要带着护目镜，有时候护目镜上会起很多雾，完全看不清，甚至他拉的大便是什么颜色的，也不一定看得清，我们要通过拍照片来问同事。

他是个小宝宝，我抱他的时候，他会咳嗽，会打喷嚏。其实也不是说没有担心，但是我们都很想去抱抱他，因为他那么需要我们，他的眼睛看着你的时候，你就会不由自主地替他的妈妈去抱抱他。

115

姚盼盼

我是合肥市第一人民医院感染科护士姚盼盼。我现在在武汉协和东西湖医院九病区工作。

36 床的爷爷是一位高位截瘫的新冠肺炎患者，被隔离治疗后，生活不能自理，全身多处压疮，特别悲观，每天吃饭都是医护人员劝说后才勉强吃一点。我和另外两名搭班护士商量能否为患者做点什么。

我们从医疗队男同志那里筹到了新的秋衣秋裤，准备了一些洗浴用品。为老人擦洗干净身体，换上新的衣服。靠着三年骨科工作的经验，我和同伴们一起为爷爷按摩下肢各关节。我们不断地向他介绍目前国家和各界人士对此次新冠肺炎所做的努力，让他相信党和政府，相信自己一定可以战胜此次肺炎。

没想到，爷爷居然和病友一起合唱了一首《我和我的祖国》，为医疗队竖起了大拇指。在这场战"疫"中，医身重要，医心更重要！

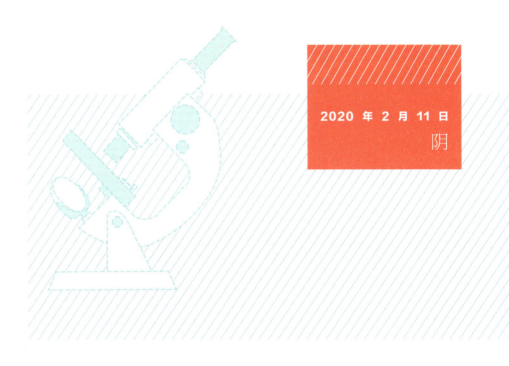

　　我是贵州航天医院重症医学科护师危灿灿，今天是我到鄂州的第 15 天。今天天空阴沉了一天，快下班时竟然有一缕阳光穿过乌云，透过玻璃窗照进病房。工作的时候，一位病人偷拍我，又被我发现了，我想等下班以后我又会在微信上收到酷酷的工作照吧。

　　在工作过程中，我常常和患者聊天，跟他们介绍家乡的美食、美景，来减轻患者焦虑、抑郁的情绪。我最近还学了几句简单的湖北话。今天到病房时，我用不太标准的湖北话询问患者"今天感觉怎么样"，大家都被逗笑了。

　　现在，我和我负责的几位病人都成了好朋友，还互相加上了微信。他们常常偷拍我工作时候的样子，然后通过微信发送给我。他们也开始主动和我分享他们的故事，给我看他们和家人的合照。病房里有一位大哥说，康复以后，一定要去贵州找我玩，吃一吃我们贵州的特产。我坚信，这一天一定会到来。

2月11日，武昌方舱医院首批患者康复出院。
黄士峰　摄

Chapter Sixteen

在武汉过了个特别的生日

陈欣
赵倩
赵悦
白洁
李荟莘

今 年 特 别 不 一 样 ，

在 武 汉 过 了 自 己 3 7 岁 的 生 日 ……

吹 蜡 烛 的 环 节 ，

队 友 们 围 着 蛋 糕 用 手 扇 风 把 蜡 烛 熄 灭 ，

那 场 景 挺 有 意 思 。

扫二维码
听有声日记

陈欣发给女儿晨晨的生日祝福图片，
她和丈夫陈国玺都在抗"疫"一线工作

我是湖北省武汉市肺科医院手术室的护士陈欣，今天是我投入到抗击新冠肺炎疫情的第 29 天。

今天对我来说有点不一样，是我女儿的 7 岁生日，第一次没有准备生日装饰，没有准备蛋糕，没有准备礼物，甚至没有我们的陪伴。早晨穿好防护服准备进入病房时，我让同事在我背后写下了"晨晨生日快乐"，并拍下了照片传给晨晨，用这样的方式告诉她，我们一直在一起，妈妈并没有走远。我也带着一份愉悦的心情开始了一天的工作。

在我给 8 床患者输液时，7 床的奶奶忽然拉住了我说："姑娘，你生日吗？"我笑着说："不是，是我女儿，奶奶。"奶奶立刻笑着说："那我祝她生日快乐！"我说："谢谢您！"奶奶说："你们这么辛苦，这样的付出，好人有好报，一家平安！"我笑着说："谢谢，也祝您早日康复！"

中午吃饭的间隙发了一个朋友圈，没想到得到今天最大的惊喜。街坊们听说了我们家的事，然后捐赠了一个原本属于一位奶奶的蛋糕，我非常感动。在此，我要特别感谢王女士和万科汉口传奇的街坊们，他们让这份蛋糕在这个寒冷的夜里承载了满满的爱、满满的温暖，给我们一种鼓舞。武汉加油！

多云

赵倩

我是湖北省武汉市汉口医院超声影像科的医生，我叫赵倩，今天是我加入抗击新冠肺炎疫情的第 22 天。

昨天是我公公的生日，晚上用手机给他发了生日红包，又和公公婆婆视频通话。但他们说"心意领了，武汉更需要物资"，没有收我和老公的红包。

我去年 8 月结婚，婚后这第一个春节本来准备和老公去看公公婆婆。1 月 22 日（腊月二十八），我在节前的最后一个夜班，接班时，在员工通道第一次穿上防护装置。进入工作区，我看到前来就诊的发热病人挤满了整个大厅，同事们都全副武装，在各自的岗位上为患者服务，为各部门运送物资，定时定量定区进行消毒。

在坚守的这些天，防护物资紧缺，我尽量少喝水或不喝水，减少去洗手间的次数（因为多去一次洗手间，就会多用防护用品）。得知工作餐紧缺，我尽量自己带饭。大年三十下午，在运送药品的过程伤了腰，我也鼓励自己，非常时期，一定要坚持下去。

这个春节没有按计划陪在公公婆婆身边，昨晚也不能给公公送去生日礼物。但是公公婆婆在视频里说，能看到我们平安就是最大的礼物，期待疫情早些过去，我们早日团聚。

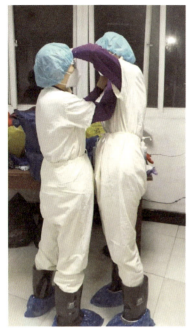

赵悦（左）和同事互相协作穿戴防护装备

我是天津市第三中心医院重症医学科护士赵悦，今天是我们支援武汉的第14天，我已经渐渐适应了这里的生活。前两天一不小心把脚扭了，特别感谢武汉的后勤保障人员，第一时间给我送来了红花油，也特别感谢我的同事兼舍友邱婷婷一直照顾着我。今天我一瘸一拐地去上班，好在穿上防护服后，我们操作时动作都不太大，戴上护目镜后，由于视野受限，我们也需要放缓脚步，所以我暗自庆幸，崴脚对我的正常工作没什么影响。

完成一项操作后去给另一位患者封腔时，护目镜上已经都是水珠了，我说了句："阿姨，您的液输完了，我给您封腔。"旁边的患者都笑了起来，说："不是阿姨，是叔叔。"因为透过护目镜看不清，我赶紧说抱歉，实在抱歉。患者叔叔却笑着说："没事没事，你们太辛苦了。"

病房里洋溢着欢笑声，我觉得心里暖暖的，因为他们许久都未曾发自内心地笑过了。我知道他们的内心是极度紧张的，有对病情的恐慌，也有对家人的担心。一直在 ICU 工作的我知道，适当的言语和关怀会让他们感觉特别温暖，而我除了做好护理外还会认真做好他们的心理安慰。

白洁

　　我是西安交通大学第一附属医院援武汉国家医疗队的护士白洁。今天是我们抵达武汉的第 5 天，我们援助的是武汉大学人民医院东区，我们接管的病区每天有近 60 位危重病患需要治疗和护理。

　　来病区前，我们有过担心和惧怕，但是到了病房后，更多的是信心与感动。今天早上抽血的时候，当我像往常一样给病人操作时，一位老奶奶问我："你们不是湖北人吧？你们是不是西安的？"我说对，我们是西安的。

　　她高兴地说："听我女儿讲，你们是西安最好的医生，你们来了，我就放心了。太感谢你们了，如果我能活下去，一定到西安看你们。"

　　听到这句话，连日的疲惫突然一扫而光，一种被认可的成就感使我感到温暖，给了我无穷的力量。

李荟苹的儿子在河南老家做的生日烤饼

　　我叫李荟苹，是河南大学第一附属医院呼吸科的一名医生。今天挺高兴的，一方面，病区里不少患者的病情一天天好起来。另外，今天还是我的生日，我们医院专门订了蛋糕，很周折地送到驻地。今年特别不一样，在武汉过了自己37岁的生日，在异乡能吃上一块蛋糕，挺幸福的。在这种特殊的情况下，吹蜡烛的环节，队友们围着蛋糕用手扇风把蜡烛熄灭，那场景挺有意思。儿子还在家亲手做了个生日烤饼，有了他们的支持，感觉心里很踏实。

　　我的心愿是赶快战胜疫情，大家都能平平安安、和和美美地生活和工作。

　　老公还给我写了首歌，歌词是这样的："风雨来时你走得匆忙，没来得及多想，谁也不是天生就英勇，你却在此时脆弱又坚强……"

抱怨久了最无味
伤心多了最无谓
等你来了最无畏

林帝浣供图

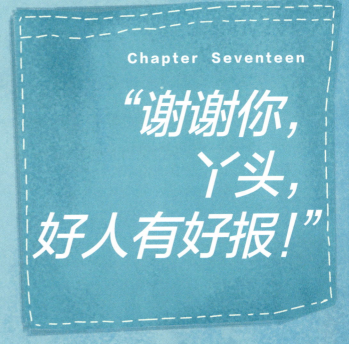

Chapter Seventeen

"谢谢你，丫头，好人有好报！"

朱静 吕明缓 闫洋 赵永彩 巴哈古丽·托勒恒

我想，

最幸福的大概就是有病人能懂得你的付出，

知道你的不容易。

现在人们心里都有一股劲，

觉得我们能赢。

相信武汉的春天很快就来了。

扫二维码
听有声日记

　　我是武汉市肺科医院 ICU 的护士，我叫朱静，今天是我抗击新型冠状病毒肺炎疫情的第 38 天。

　　这几天，我值夜班，照顾一位无创通气的阿姨。有一晚，她的氧浓度已经到了70%，随时有插管的危险，我跟她说："阿姨，从现在开始我来照顾您。您别紧张，现在是凌晨 3 点，您需要用您戴的这个面罩呼吸。我告诉您怎么去利用它。您就用鼻子吸气，嘴巴吐气，和潜水游泳一样，这个呼吸机就会跟着您的节奏走。一定要学着去适应它，这样您自己就会舒服些，能坚持到明天，您就胜利了一天。等明天如果您的缺氧情况改善的话，医生就会下调参数，相当于您就好一些了！"

　　本来想让她适应之后，安心休息，但随着时间延长，她虽然心理上接受了，可是气道压过大，呼吸机漏气，还是需要有人陪着，我只好帮她扶着无创面罩，保持不漏气的力度。阿姨的呼吸慢慢平稳了，在我趴着的时候，她用武汉话对我说："谢谢你，丫头，我舒服多了，好人有好报！"那一刻，我觉得用自己学到的技能帮到了患者，挺温暖的。

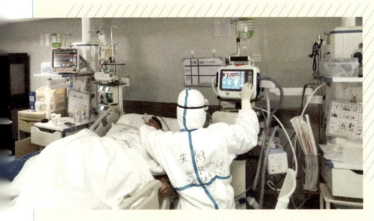

朱静

吕明缓和患者   吕明缓

　　我是安徽省第二批支援湖北医疗队队员、安徽医科大学第四附属医院内分泌科护士吕明缓。

　　我现在在武汉客厅方舱医院。昨天，我和我的小伙伴一起给病人测量生命体征，大家都很配合。结束后，我们在病房门口守着，这时，一位 40 多岁的阿姨走来，亲切地问我："丫头，你是从哪儿来的，之前来过武汉吗？"我回答道："我是从安徽合肥来的，之前一直想来武大看樱花，平时工作太忙也没有机会。"阿姨跟我说："以后欢迎来武汉看樱花，武大的樱花很美的。"说着说着，她便笑了，也打开了话匣子。阿姨还悉心地问了一些我们的情况，知道我们上班不能带手机，后面的时间里，她便每隔半个小时就过来告诉我一下时间。

　　我想，最幸福的大概就是有病人能懂得你的付出，知道你的不容易。现在人们心里都有一股劲，觉得我们能赢。相信武汉的春天很快就来了。

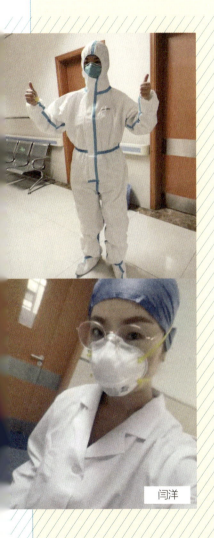

闫洋

　　我是湖北省武汉市汉口医院呼吸三病区的护士长闫洋，今天是我加入抗击疫情一线的第 25 天。

　　今天是特别有意义又难忘的一天，收到了 6 岁儿子给我写的一篇日记和婆婆在视频里对我的嘱咐。孩子在日记中提到了：妈妈在一线工作很辛苦，为了救治更多的病人一定要保重身体。妈妈加油，武汉加油！

　　婆婆是当年参加过抗击"非典"的一线人员，对于这次疫情，婆婆深知我肩负的责任重大，主动"接管"了孩子的一切。老公在得知我科护士不幸感染的消息后，主动在家炖排骨汤，并买了牛奶、水果等营养品送至患病护士家中。

　　有了家人的付出和努力，我没了后顾之忧，更加点燃了我战斗的激情和必胜的信心，他们是我们一线工作人员最大的动力，我们有决心、有信心一定能够战胜这次疫情！

赵永彩

我是吉林北华大学附属医院呼吸内科护士赵永彩，今天是我来到武汉同济医院中法新城院区的第 8 天。

前两天上班的时候，一位婆婆有些呼吸困难，需要半坐在床上，我给她更换完湿化瓶后，她说什么也不让我给她更换吸氧管，还一直让我离她远一些。一开始，我以为她是害怕，或者对我不熟悉有点抵触，我就一直安慰她。过了一会儿她才说："我怕传染到你，你的爸爸妈妈还在等你回家。"

是的，我的家人在等我回家。但是患者们何尝不是如此呢？我对她说："婆婆，我不怕，我们的防护做得很好。您也要快点好起来，您的家人也盼着您快点康复，也在等着您回家呢！"她笑着点了点头，眼眶也湿润了。

我相信，通过我们大家的共同努力，更多的患者都会慢慢地好起来，康复出院。现在我助您康复，到时候您送我回家！

我叫巴哈古丽·托勒恒,现在是我们新疆第二批支援湖北医疗队的副领队。我们在武汉客厅方舱医院,我主要负责外围的工作。

2020 年 2 月 12 日,武汉难得出了太阳,我的心情也非常的愉悦。第一次进仓内做了宣教员,这个工作让我觉得特别开心和激动,可以带领大家跳广场舞。为了带动我们的家人提高精气神儿,就放了我们新疆的维吾尔族舞曲跟哈萨克族的"黑走马"舞曲。跳完我也没想那么多,把视频放到了我的朋友圈,大家就这么传开了。

咱们舱里面是轻症患者,他们特别开心,新疆的古丽来了!他们本来是各种情绪都有,但是我一进去给他们跳舞,他们就觉得放松了。然后又看他们吃饭,陪他们聊天,只要做好防护,没什么可怕的,隔离了那些病毒,咱不能隔离爱。

我喜欢唱歌,喜欢跳舞,但是不太专业,我今天能把不专业的舞蹈跳给大家看,我觉得那是最大的一个舞台,最美的一个舞台。都说我们新疆人能歌善舞,舞蹈咱们大家都欣赏了,我给大家唱一首歌:"请把我的歌带回你的家,请把你的微笑留下。请把我的歌带回你的家,请把你的微笑留下。"

巴哈古丽和患者

巴哈古丽

武汉同济医院中法新城院区的医务人员在重症病房忙碌地工作。
刘宇 摄

丁锋
包佩玲
罗蕾
罗艳
孙丹丹
赵春光

Chapter Eighteen

从重症
转回普通病房的
胜利

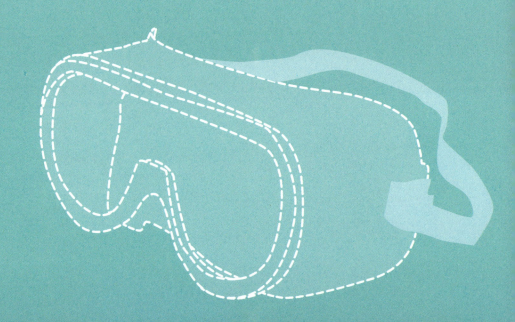

扫二维码
听有声日记

丁锋（左一）和同事在病房工作

我是武汉市汉口医院耳鼻咽喉科的医生丁锋，今天是我加入抗击疫情一线的第25 天。

和这 25 天来的每天一样，一大早我就来到缓冲区换防护服。由于防护装备来自社会各界的捐赠，细节各有不同，我一边迅速仔细地穿，一边默默在心里"找不同"，这成为紧张有序的工作中难得的放松。

我的爱人也是武汉第一批发热定点医院的一线医生。休息的空隙，我们会讨论对新冠肺炎的诊疗心得，一起学习最新的诊疗指南，在网上给需要帮助的人答疑，也为各医院医疗物资筹募出一份力，为如何长时间更舒适地穿着防护装备出谋划策。我们更会相互鼓励，相互加油。虽然不在同一个医院工作，但我们仍是同一个战壕里的亲密战友。

也特别感谢支援武汉的医疗队和我们并肩作战，不仅减轻了各发热定点医院的工作负荷，也大大缩短发热病人的候诊时间，明显缓解了就诊高峰期的医患矛盾。

期待春暖花开，疫霾散尽，大家一起到黄鹤楼前，到长江畔，排排坐，吃热干面……

包佩玲

我是孝感市中心医院隔离一病区医生包佩玲。今天是我结束医学观察，返回隔离病房的第 2 天。1 月 30 日，重庆第一批援助湖北医疗队在培训后全面接管医院的三个隔离病房，我和同事们也由此开始两周的医学观察。

两周的时间里，我们从紧张的临床工作中得到放松，但是也有点不太习惯，每天都想重新返回隔离病房工作。

还记得 1 月 22 日（腊月二十八），我走进隔离病区，开始新冠肺炎的治疗工作，那是我第一次穿上防护服，内心有一点紧张。这期间，我们见证了孝感市首例新冠肺炎的死亡病例，为生命的逝去叹息；也陪伴了孝感市首例康复的患者，为他感到高兴。

昨天，观察期结束，我们从集中居住的酒店回到医院。相隔半个月，隔离病房的救治措施、工作流程都得到完善。我昨天上完白班，今天上夜班，而重庆援助湖北医疗队的同仁们也得到轮换，开始医学观察。

从腊月二十八开始到现在，我已经 24 天没有回家了，希望这场战"疫"赶快结束，让我可以抱抱我的两个小宝贝。

　　我是湖北省第三人民医院妇产科的护士罗蕾。1 月 13 日，我是第一批被调去呼吸科支援的医护人员，到今天已经一个多月了。

　　刚开始来支援的那几天，说真的，我也很懵，我也不知道新冠肺炎是个什么病，总以为大概十天半个月就能结束。可是后来发现病人越来越多，医院的隔离病区新增了一个又一个，网上报道的死亡病例越来越多，那个时候我才意识到我不能走，病人需要我。

　　我也从别人的反馈中更加认识到这份工作的意义：前几天，30 床的阿姨出院，边走边感谢我；做油漆工的姑姑知道我在一线以后，也自告奋勇要去参加我们老家麻城隔离医院的建设；还有外地的朋友们每天早晚用手机发来的鼓励……

　　在支援呼吸科满一个月的时候，我终于说服自己，把快要及腰的头发剪短到齐肩，这样工作起来更方便。剪下的头发我也要保存下来，作为这段特殊日子的纪念。

罗蕾

罗艳

　　我是江西省第一批支援随州医疗队的护士罗艳，来自南昌市洪都中医院。今天是我来湖北随州的第 8 天。

　　今天有个振奋人心的好消息，10 号床的病人在大家齐心努力下，病情好转，要从重症病房转回普通病房了。这是我们江西医疗队进驻随州市中心医院 EICU 后，第一个转回普通病房的病人，大家都很开心。准备转科前，这位病人一直握着我的手不愿松开，还对我们比画着胜利的手势，满眼都是感激，我们和她一起加油打气。

　　白天有点空闲时间，我和妈妈通了视频电话，没说几句她又流泪了。她一边叮嘱我千万要注意安全，照顾好自己，不用担心家里，还说全家都以我为荣；一边又牵挂我在这里工作累不累，吃得习不习惯。妈妈平常不爱用智能手机，我来到这里后，她特意学会了查我这边的天气预报，说过几天会有降温，担心我带的衣服不够，想给我寄几件厚的羽绒服，也不知道我这里能不能收到。

　　因为怕爸妈过于担心，这次来湖北随州执行抗"疫"任务，我也是"先斩后奏"的，到了出发前一刻我才告诉了妈妈，就是不想再让她替我操心。亲爱的老妈，请您放心，我一定会圆满完成任务，平安地回来。

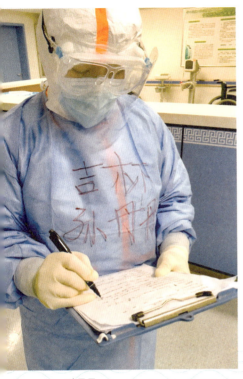

孙丹丹

我是吉林市人民医院的护士孙丹丹，这是我来到武汉同济医院中法新城院区支援的第 13 天。现在我已经逐渐适应了这种像汗蒸馆般的工作环境，大家有条不紊地查对、输液，然后为病人进行生活护理：打热水、喂饭，协助不能自理的患者去厕所……

到了 12 号病房，有一位 60 多岁的老大爷叫住我，小声说："丫头，你可以帮我一个忙吗？"我毫不犹豫地回答说："当然可以啊！"大爷有点不好意思地说："丫头，我的老伴在另一家医院隔离治疗呢，我陪不了她，你能帮忙用我的手机给她发条微信，送上我的祝福，再加上 11 朵玫瑰花吗？我不知道在手机上怎么输入那些玫瑰花。"

微信发出去后两分钟，大爷给大娘打去电话确认："老伴儿，我微信里送给你的花儿，你收到了吗？"我隐约听到大娘在电话那头说"收到了"。大爷眼角带着泪花，5 分钟的通话之后，他脸上又有了久违的笑容。

　　我是中南大学湘雅医院第三批医疗队队员赵春光，今天我上白班。前线同事讲，病房里的病人比较多，也有一些重症病人，他们忙了整整一晚上。上班之前，我给媳妇儿李小白写了一封信。

李小白：

　　你好呀。这应该是我给你写的第一封信吧，咱俩从来没写过信，也从来没分开过这么久。很想你呀，相信你也很想我。

　　我知道我走的时候你哭得一塌糊涂，眼睛都是红的。我没说话，是怕我一说话你又哭。没事，就是出了个远门，我会好好照顾自己呀，一定会平平安安回来的。你也要好好照顾自己。

　　结婚 7 年啦，往年我们一起在长沙看焰火。那时候你说，长沙是一座浪漫的城市。

　　武汉也是一座浪漫的城市，武汉也有很多桥，也有很多摩天大厦。只是这些摩天大厦，现在都写满了"武汉加油"。

　　什么时候这些大厦重新开放，什么时候我就带着玫瑰回家。

　　爱你。

赵春光和妻子

赵小宝

142

Chapter Nineteen

嫂子，
我们都是你的
后援团

陈超
陈鹏志
王向青
侯学智
汪晓凤
阮正上

暖 心 的 事 一 件 接 着 一 件 ……

前 段 时 间 弥 漫 在 我 们 心 中 的 孤 军 奋 战 的 气 氛 一 扫 而 空 ,

国 家 这 个 概 念 此 时 突 然 显 得 那 么 真 切 而 具 体 。

扫二维码
听有声日记

陈超和他的妻子郭智勤

　　我叫陈超，是武汉市汉口医院骨外科医生；我爱人叫郭智勤，是武汉市汉口医院泌尿外科的护士长。今天是我们俩加入抗击疫情一线的第 25 天，也是我们跟孩子分开的第 25 天。陈梓越，我和妈妈很想你，等我们把病毒打跑，就去爷爷家接你，咱们去海洋公园看海豚，去中山公园划船，去吃热干面……

　　我和爱人在接到工作安排后就奔向了一线。我在呼吸二病区，我爱人在门诊留观病房，虽然在一栋楼的楼上楼下，我们也不能见面，除了紧张繁忙的工作，剩余不多的时间就是抓紧休息，等待下一场战斗。

　　今天查房时，有一位乐观的老奶奶拉着我们要跟她合影。她 74 岁了，今天又跟我汇报早餐多喝了一瓶牛奶，谁能想到她 1 周前被家人送来时，还是一位依靠呼吸机辅助呼吸的虚弱病人？

　　在这段时间的工作中，我们总结出了一些治疗经验，这位乐观的老奶奶就是我们成功从死亡线上拉回的病人之一。我想，今天的这个时候，我们和她都感到很幸福……

陈鹏志

　　我是武汉市第三医院的护士陈鹏志。今天是我在一线奋战的第 20 天。前两天，我所在的医院收到了一批防护物资，随物资来的，还有一封给我的信，信里这样写道——没有一个冬天不能逾越，没有一个春天不会来临。嫂子，我们都是你的后援团！原来这些物资是老公和他中铁五院的同事筹来的。

　　疫情刚开始暴发的时候，确实感觉很无助，也面临防护物资匮乏的问题，医院也公开向社会求援。作为一个普通护士，我的作用很有限，没想到我在朋友圈发了求助信息后，很快就得到了老公几位热心同事的响应。

　　暖心的事一件接着一件，近期每天都能收到社会捐赠的物资。前来增援的医疗队也被充实到各个科室，前段时间弥漫在我们心中的孤军奋战的气氛一扫而空，国家这个概念此时突然显得那么真切而具体。

王向青

　　我是空军军医大学唐都医院传染科护士王向青，今天是我们支援武汉的第23天。

　　今天的晨间护理和往常一样忙碌，当我转身要离开时，一位阿姨叫住了我，"可以麻烦你帮我拿一下牛奶吗？"她指了指柜子，我心领神会，从柜子里拿出牛奶，有点凉，我赶紧找了一个干净的瓷碗，把奶倒进去拿去加热。当我端着热牛奶送到阿姨手里，看着她喝了一口，正准备离开时，阿姨突然号啕大哭起来，我吓得手足无措，赶忙问她怎么了，她说："孩子啊，你待我像亲人一样啊！"我心里一酸，眼前模糊了。

　　我和阿姨说了好多话，听她讲她的生活，安慰着她。慢慢地，阿姨笑了，我也该去忙了，阿姨说："谢谢你，西安姑娘。"我点了点头。西安姑娘，我喜欢这个称呼。

侯学智在湖北求学期间

我是青海省人民医院呼吸与危重症医学科主治医师侯学智，今天是我加入抗击疫情一线的第 19 天。13 年前，我以一名医学生的身份来到湖北三峡大学攻读临床医学专业。13 年后，我以一名支援医生的身份再次来到湖北。

病区里有一位 77 岁的老奶奶。奶奶来的时候病情比较重，连续几天上吐下泻，根本吃不了饭。她的病情随时有可能加重，甚至危及生命。我们上班的第一件事，就是赶紧问问这个病人今天吐了吗？吃了没？好点了没？庆幸的是，在经过治疗后，她肺部的感染病灶较前明显吸收。查房的时候，我告诉她肺炎好多了，很快就能回家了。奶奶就一直拉着我的手在说感谢。

虽然隔两层手套，但真的感觉她的手是暖暖的。她还说："我不大会讲普通话，你们听不懂，实在是不好意思。"我半开玩笑地跟她说："奶奶你不觉得我长得像湖北人吗？我可是半个湖北人。"旁边的病人笑了，说"你们长得都一样，都是白衣服白帽子，还都戴眼镜"。我心想着我长什么样子不要紧，要紧的是我能记住你的面容，更想记住你回家的样子。我们期待武汉的樱花烂漫，也欢迎你们来青藏高原欣赏这里的格桑花。

　　我是贵州省人民医院感染科主治医师汪晓凤，今天是我到鄂州的第 19 天。

　　这段时间，我和我的队友们都竭尽所能地干好自己的本职工作。而除了我们，还有不少人坚守在平凡的岗位上，为城市的正常运转默默付出。

　　来到鄂州后，为了减少传染，我们都通过线上超市购买生活用品。有一位叫"阿霞"的大姐，经常为我们代买生活用品，却拒绝我们支付配送费。有专门接送医护人员的公交车司机，每天从早到晚，要在酒店和医院之间往返无数趟，有时甚至是凌晨一两点，厚厚的口罩一戴就是一整天。还有我们工作的医院旁边雷神山医院工地上在不分白天黑夜施工的工人，这个城市还有许许多多这样带着温暖、发着微光照亮抗击疫情一线的普通人。

阮正上女儿写的信

2020 年 2 月 15 日

武汉 \ 小雪

阮正上女儿画的画

我是上海新华医院麻醉与重症医学科主治医师阮正上，今天是我来到武汉市金银潭医院的第 23 天。

半个多月的时间，原本组里的 10 个重症患者换了许多新面孔。有不少患者转去普通病房，这意味着患者脱离了危险期，病情平稳了。回想刚来到金银潭医院的那两天，有好几个病人每天都要抢救，现在大部分患者的情况都趋于好转。

随着各项工作都步入轨道，我也终于能挤出点时间和家里人聊聊了。女儿写了封信，太太用手机拍下来发给了我：

亲爱的爸爸，现在上海的家里一切安好，虽然我很想念你，但我觉得武汉的病人更需要你们医疗队的帮助。我、妈妈、外公和外婆都期盼着你带着胜利的喜悦凯旋！

爱你的女儿：阮仁颖

谢谢我的女儿，爸爸一定会平安回去。明天又是新的一天，希望这次的疫情能够尽快控制，所有人的生活都能重回正轨。

Chapter Twenty

坚守岗位，
面对恶疫
毫不退缩

徐莹 祝媛 龚小琳 刘先领 李曼 葛波涌 刘佳英 阚旋

更让我感动的是医院里的安保人员和保洁人员，

他们并没有充分的时间进行培训，

面对恶疫，

毫不退缩地坚守在自己的岗位上……

扫二维码
听有声日记

徐莹

我是武汉市汉口医院的医生徐莹，今天是我投入到抗击新型冠状病毒肺炎疫情的第 28 天。

我们医院距离华南海鲜市场仅 4 公里，是第一批新冠肺炎的定点医院。

在疫情初期，我在最前线的急诊科，看着每天数以千计的病人，虽然自己不吃不喝倾尽全力接诊，一天下来也只能看完 100 多人，深深的无力感和痛心让人几近崩溃。

后来，可敬的解放军同志风尘仆仆地赶来支援我们，我被派出和军医们并肩战斗，因工作调动，他们赶赴新的战场后，医院让我接手病区。与门诊流水线般工作不同的是，病区的管理、诊疗需要更加的细致和用心。

我病区一名 37 岁的病危患者，其母亲一周前刚因新冠肺炎去世，他呼吸困难到无法说话。看着他眼里的绝望，我们一边精心调整治疗，一边鼓励他，慢慢地，他重拾信心，在我们团队的精心呵护下终于脱离了危险。

努力治愈，常常帮助，总是安慰。医生职业有特殊性，但如果我们的付出，能挽回垂危的生命，就是最大的幸福。

我是武汉市肺科医院检验科的护士祝媛。疫情暴发已经一个多月了，我也在一线奋斗了一个多月，可以说这是我成为护士以来最大的考验了。

今天值夜班，工作的忙碌让我没顾得上吃晚饭。晚上十点半左右，一个美团外卖的小哥往门诊大厅来了一份好心居民捐赠的面包，我本来想拒绝，跟他说"心意我们领了"，但他还是硬塞给我，就转身离开了。那一刻，我很感动。

过了半小时，我在门诊大厅里，看到一对夫妻端着两碗泡面，忽然感觉心酸，拿着刚刚收到的面包，双手递给了这对夫妻："吃点面包吧。"夫妻俩感谢地看着我说："你们更辛苦，泡面就够了。"我跟他们说："营养很重要，不用客气。"他们就没有再推辞了。

我想得很简单，我是一名护士，这是我应尽的职责。

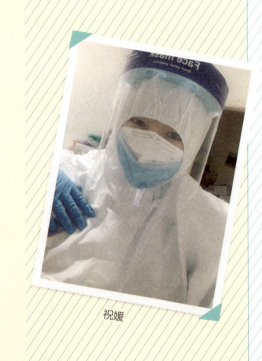

祝媛

　　我是湖北孝感云梦县中医院妇产科护士长龚小琳，今天是我支援内五科隔离病房的第 18 天。我们这里主要负责疑似病人的收治和筛查。

　　云梦刚刚下了一场雪，天冷得厉害，在病房里，我们忙得出汗，汗凉下来就更冷。

　　11 床 85 岁的婆婆自己出去上厕所，没呼叫护士，蹲下去后起不来，就摔倒在地上了。幸好检查之后没什么大问题。我握着婆婆骨瘦如柴的手，隔着手套都感觉到了冰凉。我叮嘱婆婆："您再上厕所一定喊护士。"那位婆婆挺爱干净的，收拾得很整洁。婆婆说："我看到你们都忙着，累着，不想麻烦你们这些孩子们。"我说："没关系，婆婆。我们家里有老人，我们也是一样照顾。您住到这里，这就是我们的责任，有需要就找我们。"

　　我突然想起了自己的外婆。谁没有老的一天呢？希望老人家早日康复！

龚小琳

　　我是中南大学湘雅二医院支援武汉同济医院中法新城院区的医疗队队长、临时党支部书记刘先领。

　　今天是我来到武汉抗"疫"的第 9 天，风雪过后的武汉，阳光明媚。昨天带领大家进行了医护联合大查房和疑难病例讨论，把湘雅二医院的内涵质量带到抗"疫"第一线。经过精准施治，大部分患者病情明显好转，已有十来位患者从重症转为轻症，等待评估肺部 CT 和核酸检测后就可走出病房，我们深感欣慰。

　　前线的白衣战士不是一个人在战斗，我们得到了前所未有的支持，每天接到无数个志愿者的电话，电热毯、方便面、矿泉水、袜子、内衣、牛奶、防护用品……在物流不畅的今天，他们想尽一切办法将这些物资送到酒店医务人员手中。

　　更让我感动的是医院里的安保人员和保洁人员，他们并没有充分的时间进行培训，面对恶疫，毫不退缩地坚守在自己的岗位上。每次看到他们进去，我都会请护士长安排人员仔细地帮他们穿好防护装备，他们也是坚强的勇士。

刘先领（中）和同事们

　　我是江苏支援湖北医疗队第五批成员、南京市第一医院神经内科重症监护病房护师李曼。现在在武汉同济医院光谷院区隔离病房工作。

　　我也是全队第一个完成鼻咽拭子样本采集的护理人员。这项工作要将棉签从被采集人的鼻腔探入，可能导致患者咳嗽、打喷嚏，甚至呕吐，随之喷出的飞沫会喷溅在采集人员的面罩上，如果不小心，很容易造成感染。大多数病人很配合，在他们耐受的情况下，我距离他们三四十厘米就能完成操作。

李曼

　　但面对患者王阿姨，就更困难一些，她非常不耐受，棉签一进入鼻腔就紧张，不停地干呕，脑袋不停地往后仰，我无法在准确部位采集到标本。多次失败，怎么办呢？只能固定王阿姨的脑袋，同时要缩短自己与她的距离。在做好防护的情况下，危险系数仍然增加。但没太多时间思考，我在和她面对面距离十厘米的状态下完成了采集。这一天，我一人采集完成 13 例。之后，我一个人坐在病房外，回忆整个过程，总结经验教训，希望为以后的队友提供帮助。

葛波涌（左一）和同事们

我是河南第四批援助湖北医疗队成员、郑州大学第二附属医院急诊科副主任医师葛波涌。

周末的武汉，气温骤降到零下，又下起了大雪，在不太熟悉的城市，这种天气下的急救转运可以说是非常大的挑战。

分享一位节省氧气的阿姨的故事吧。丁阿姨今年67岁，平时喜欢锻炼，身体不错，疫情来临，她没能躲过。

接到丁阿姨的时候，她呼吸费力、咳嗽，坚决不用担架，自己走到车上，还坐在离我们有一定距离的角落，尽力控制不咳嗽。我们知道，她是怕传染给我们。看到她呼吸费力，我们给她吸氧，丁阿姨用手扶住鼻吸氧管，不让用胶布固定。

转运的过程中，她吸氧后呼吸困难的症状明显缓解，就把氧气管递给我们，说："谢谢你们，从河南来的小伙子。氧气我不吸了，感觉好多了，留给下一个需要的人吸吧！"挺令人感动的，也祝福她早日康复。

我是辽宁省沈阳市苏家屯区中心医院呼吸内科的护士，我叫刘佳英。今天是我来到武汉支援的第 7 天，同时，也是我正式进入雷神山医院病房的第 1 天。

从今天早上接班以后，我们便投入到了紧张的工作中，为患者监测生命体征，处理各种的病情变化，还有一些日常的基础护理，如翻身、喂饭等。

因为我们都戴着护目镜，又戴着双层的手套，一直都很担心无法给患者进行很好的护理，心理上其实很紧张。嗯，不过还好，今天都给患者一针扎上了（扎针一次成功），这给自己增加了不少信心，也给自己吃了一个定心丸。我相信，这些患者都会很快康复的。

刘佳英

　　我是吉林北华大学附属医院重症监护病房护士阚旋。这是我第一次来武汉，工作半个月，第一次见到了传说中的热干面。

　　那是下了凌晨 1 点到上午 9 点的夜班之后，正赶上早晨给患者发饭。患者们看到早餐是热干面，都觉得特别亲切，说因为这个病已经好久没有吃过热干面了。一位热心的阿姨问我："小姑娘，吃过武汉的热干面吗？"我说："没有，等疫情结束了，我一定要去尝尝。"

　　我戴着口罩，闻不到热干面的香味，但是看着疗区里患者们的精神头普遍都不错。前几天上班的时候，20 床的爷爷还戴着无创呼吸机，今天就已经脱机了，可以单靠氧气呼吸了，也不像前些日子那么沉默寡言了，还请我们帮忙换床单、被罩。

　　希望疫情快点过去，我会再来武汉，吃一碗正宗的热干面，看看恢复健康的人们。

阚旋

夏文恬
熊慧
张力
卓晓
任宏颖
杨楠
赵静雯

Chapter twenty-one

我们是病人
唯一的希望

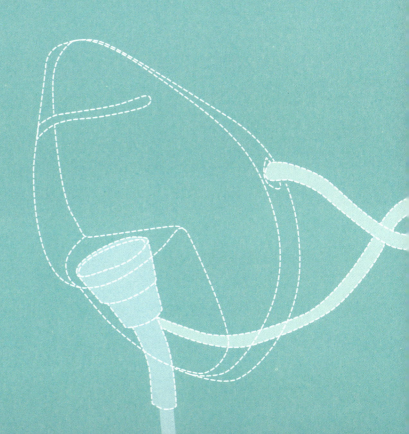

我 觉 得 所 有 的 困 难 ，

在 这 个 疫 情 面 前 都 不 算 什 么 。

病 人 唯 一 的 希 望 就 是 我 们 ，

我 们 必 须 要 坚 强 。

扫二维码
听有声日记

在新开的隔离病房里，夏文恬和同事们共同鼓劲

　　我是湖北省武汉市第一医院重症医学科一病区的一名护士，我叫夏文恬。今天，我们护士长特意给我排了一天休息，让我回家看望一下我中风的父亲，在此之前，我已经在一线工作了 35 天。

　　2 月 12 日，我下班后掏出手机，发现有 15 个未接电话，急忙打电话给家人，才得知早上 9 点的时候，我的爸爸就出现了右侧肌力的减退。可是那个时候，由于我穿着厚重的防护服，无法接到家里的来电，等到下午 3 点钟下班，再将他送到医院，已经错过了最佳的溶栓时间。

　　今天休息，给我的父母采购了最近所需要的生活物品和药品，然后去药店买了轮椅助步器以及能够进行功能锻炼的一些仪器，在家里帮助父亲渡过这个难关。

　　虽然这个事情在我心里也会有愧疚、遗憾，但是我想，在疫情面前，还有那么多的病人等着我们去救护，那是很多家庭的牵挂。我们 ICU 里所有的医护人员，从上了一线以后，一天假都没有请，其实很多小伙伴的家里都多多少少有一些困难。所以我觉得所有的困难，在这个疫情面前都不算什么。病人唯一的希望就是我们，我们必须要坚强。

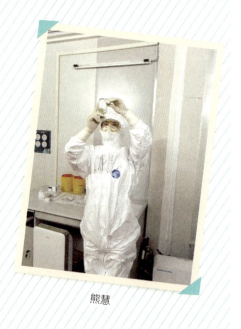

熊慧

我是一名来自驻江西某部队医院的护士熊慧，今天是我在抗"疫"前线——火神山医院的第 16 天。

亲爱的儿子，今天是妈妈的生日。昨天你和我说："妈妈，我发现你不在我身边我更听话了。明天是你的生日，虽然今年你吃不到生日蛋糕，但是我会给你准备一份生日礼物哦！所以你快点回来吧。"

我的大宝贝，妈妈也很想回家，很想你和妹妹。可是妈妈是一名护士，妈妈的职责是去帮助那些生病需要照顾的人。

我的好儿子，我不在家，爸爸也在外面帮助那些需要帮助的人，你就是我们家的男子汉，所以家里就靠你了。奶奶身体不好，尽量不要惹她生气；妹妹还小，你就是她的"队长"，要照顾她、爱护她。学习方面，前两天老师都表扬你了，妈妈很开心。只有你们在家都好，妈妈才能放心地工作。

今年的生日愿望也是大家共同的愿望，希望我们能够早日战胜疫魔，大家都能够平安回家。武汉也一定会好起来！

汉口医院

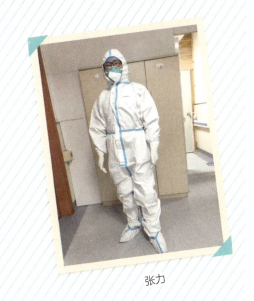

张力

2020 年 2 月 17 日
晴

　　我是张力，武汉市汉口医院呼吸二科的医生，今天是我参加抗击疫情的第26天。

　　一早的阳光格外的和煦、温暖，把近日的雨雪阴霾一扫而光。身边的好消息也越来越多，病房里原本翻身就喘不上气的老奶奶，经过治疗已经能下地活动；前期感染的同事们一个个康复出院；病区里复查核酸双阴患者人数不断增加……战友们也都从当初的忐忑，变得从容，变得越来越有信心和勇气战胜病毒。

　　现在越来越多的医疗队从祖国各地来支援我们，四面八方的同胞源源不断捐助物资，我坚信我们终将战胜新型冠状病毒，英雄的武汉是不会被它击败的！

卓晓

我是乐清市人民医院检验科的卓晓。我老公是一名呼吸科的医生，我们俩不在同一家医院，我每天都会给他发十几条消息，让他注意调节情绪、照顾好自己，他只要回一个"哦"或者"嗯"，都会让我安心。

家里的孩子，一直由公公和婆婆照顾。公公身为一名老共产党员，前几天在微信家庭群里给我和老公写了一封家书。他说，在国家需要我们的时候，身为共产党员的我们，必须冲在第一线，共产党员、医务工作人员应该是"忠"字为先。家里的事不用我们担心，孩子让他们来照顾。全家人都非常支持我们，期望我们战胜疫情，胜利归来。

我的同事们，在家时是妈妈、是爸爸、是孩子，可一旦穿上了防护服，他们的身份就只有一个——医务人员。

我们有祖国强大的支持，我们有家人强大的支持，我们坚信，疫情总会过去。等春天来时，我们用最好看的样子相见。

任宏颖

　　我叫任宏颖，是一名护士，我来自新疆维吾尔自治区中医医院，现在在武汉大学人民医院东院第九病区工作。我们这个科室与其他病区不同的是，我们这边住了将近 20 个病人，全部是已经确诊为新冠肺炎的准妈妈。

　　准妈妈们都特别配合我们的治疗，她们每天都按时测体温、开窗、通风，每次给她们监测胎心音的时候，听到小毛毛在肚子里面"咯噔""咯噔"心跳的声音，真的特别兴奋。武汉人把他们的新生儿都叫"毛毛"，我觉得毛毛可能是代表可爱的意思。

　　因为新冠肺炎的影响，这里的准妈妈们必须要经过剖宫产，孩子一出生只能喝奶粉，这样才能保证胎儿和自身的安全。小毛毛们身体都棒棒的，再看看这些妈妈们，她们也很坚强，很少见到她们哭，我反而见到的是她们坚定的微笑，看见她们的微笑之后，觉得心里特别安慰。她们每一天只能通过视频看自己的孩子，我们进病房之后，偶尔可以看见她们在跟毛毛视频，那些小宝宝睡得特别可爱。

　　我希望在离开武汉的时候，能看见这些坚强的妈妈们能和自己的毛毛团聚。希望将来有一天，这些妈妈们可以带着自己的毛毛到新疆来玩，新疆真的挺美的！

杨楠和同事

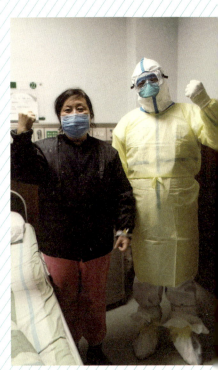

我是河北医科大学第三医院呼吸二科的医生杨楠，今天是我来武汉市第七医院支援的第22天。在武汉已满3周，经历了武汉的雪雨阴晴，新冠病毒来势汹汹，虽不着军装，但面对疫情，我就是一名战士。就我们病区这个小战场来说，在我们医疗团队共同的努力下，重症患者趋于稳定，近些天累计治愈出院20余人，并且预计出院人数每天都在增加。

21天的持续战斗，让我们这些老兵倍加珍惜每一分钟的休息时间，以便补充体力，迎接下一轮战斗。我们已然不在意口罩压痕、孤单和疲劳，只剩下对胜利的渴望！这种信念会支撑我们打赢阻击战、迎来歼灭战，武汉必胜！中国必胜！

杨楠和患者

赵静雯和家人　　　　　　　　　　　赵静雯

　　我是北京大学人民医院呼吸与危重症监护室的一名护士，我叫赵静雯。转眼间，我来武汉已经 10 天了，工作和生活都在有条不紊地进行着，而且越来越适应了。前两天在跟儿子视频的过程中，小家伙拿着老公的手机，不断地亲着视频里的我。说实话，我心里不是滋味，我知道儿子一定是太想我了，他还不会说想妈妈，只会以这种方式来表达。

　　对不起，我亲爱的儿子，妈妈现在在做着一件危险，但自己一生都不会后悔的事情，等你长大了，妈妈会告诉你，妈妈希望通过这次驰援武汉抗击新冠肺炎疫情工作，给你树立一个好的榜样。希望你长大以后不管遇到什么样的挫折与困难，都能勇敢与坚强！

2月17日，染上新冠肺炎的肾移植患者郑先生痊愈，
出院时鞠躬感谢武汉同济医院中法新城院区的医护人员。
刘中灿 摄

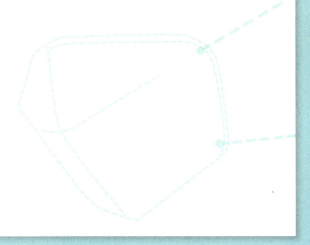

Chapter Twenty-two

赤子切记
平安还

刘丽
束淑梅
周海波
李勤
陈晶
徐飞
李营
贯筱琳

我们出发那天，

老公举着临时打印的两行大字

"衣白褂，破楼兰，赤子切记平安还"赶来送行，

我和同事很意外，

等反应过来时我哭了……

扫二维码
听有声日记

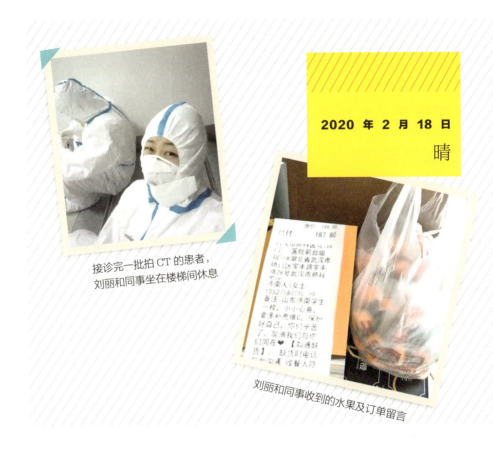

接诊完一批拍CT的患者，
刘丽和同事坐在楼梯间休息

刘丽和同事收到的水果及订单留言

　　我是武汉市肺科医院的护士刘丽。新冠肺炎疫情开始了一个多月，我也在岗位上坚守了一个多月。记得战斗刚刚开始的时候，大批病人涌进医院，我们的工作量严重超标，特别是夜班，在夜深人静的时候穿梭在医院各个科室，说不累是假的。

　　今天，我们收到一份外卖，是两箱子水果。原以为是医院之前的病人寄给我们的心意，打了电话一问才知道，是济南的一位学生在电视上看到我们医院的医护人员那么辛苦，心里想着为我们做点什么，就点了一份水果，让我们补充维生素。

　　谢谢你，陌生人。在这场全国战"疫"中，我们一线人员不怕，因为还有那么多坚强的后盾。

2020 年 2 月 18 日
星期二
武汉 \ 晴

束淑梅的丈夫和双胞胎女儿，
在视频通话中为她点亮生日蜡烛

我是吉林中西医结合医院骨伤科护士束淑梅，今天是我来雷神山医院支援的第 3 天。我们即将接管的病区还没有正式投入使用，这两天我们的主要工作是和施工方交接，检查设备设施的安装：壁灯、门把手好不好使，氧气通道是不是正常……每一个细节都不能落下。我们需要一点点检查，这两天每天只能睡四个小时。

昨晚我们开始把枕巾、被罩等备品运进病房，整理到位。工人们也在加班加点干活，为明天接收第一批患者做最后的准备。今天凌晨一点多下班，回到住处瘫倒在床上，看着手机上家人发来的祝福，才想起来昨天是我的生日。这时门铃响了，领队马哥端来他做的生日面。马哥说："这个生日过得简单了，等咱们回家了，再好好给你庆祝，那时候也是该庆祝咱们圆满完成任务的时候了。"

丈夫和女儿们在视频里为我亮起点点烛光，让我许一个生日愿望。我在心里默默地说："希望新的病区运行顺畅，患者们早日康复，所有医护人员平安。"

174

周海波在门外和女儿说话

2020 年 2 月 18 日
晴

我是武汉市汉口医院的医生周海波。今天是我加入抗击疫情一线的第30天。

我坚守的阵地是发热门诊的急诊抢救室，因为汉口医院是第一批新冠肺炎的定点医院，在前期涌入大量感染患者。印象最深刻的是一位徐老先生，120急救车送来的时候已经呼吸衰竭，当时急诊科还没有接到三级防护的指令，我只戴了一个KN95口罩，没有穿防护服和戴护目镜，但病情就是命令，战士不能因为没有装备就直接舍弃阵地，我紧急做了床边气管插管和胸外心脏按压……可惜最后老先生还是走了，这是我接触的第一个走了的新冠肺炎患者。

当时我首先想到了我的女儿，她还只有2岁，我能否陪伴她走完成长之路？但我知道我没有选择，我们医务人员不能退缩。爱人把孩子带到外公外婆家去住了，从来没有和爸爸分开过的女儿总是会在视频的时候亲亲屏幕上的爸爸，想女儿的时候我会站在门外远远看看她，她总会用稚嫩的声音问：爸爸，什么时候回家？

希望我们的坚守和努力，可以让更多的人不再经历世间分离，让我爱的城市——武汉不再暂停，快一点按下播放键。

175

李勤（左）和同事在工作

2月9日上午，
李勤的丈夫举着字幅为他们送行

我是江苏省支援湖北医疗队队员、常熟市第二人民医院的呼吸内科护士长李勤，现在随苏州市医疗队在华中科技大学同济医院光谷院区工作。今天凌晨3点刚下了一个6小时的夜班，从隔离病房"出舱"，明天接着再上白班。工作时间较以往缩短，但隔离病房的工作内容不同，除了密切观察重症患者病情变化，完成各项治疗工作，还要注重患者的生活照护。

在大家的努力下，一切都在往好的方向发展。患者们对我们的工作越来越配合，一开始有的患者还需要提醒才戴上口罩，现在他们都主动戴上口罩，有的甚至在我们上前去操作时，他们还会把头偏一点，希望减少感染我们的机会。小小的动作让人感动。

我们出发那天，老公举着临时打印的两行大字"衣白褂，破楼兰，赤子切记平安还"赶来送行，我和同事很意外，等反应过来时我哭了，他的照片还上了新闻。我们还是像以往那样，每天简单聊几句，报个平安。但他举着那两行字的画面，每天都在我脑海里闪现，激励我认真工作、履行职责，也时刻提醒我要保护好自己，平安归来。

　　我是孝感市中心医院东南院区隔离病房的主管护师陈晶。这是我第二次进入隔离病房工作的第 5 天。每天，我负责这里 180 多名患者的医嘱、各项治疗，以及协助重庆援助湖北医疗队的医护人员进行护理工作。

　　我的老公在医院 CT 室工作，这些天也很忙，身为退休护士的婆婆给了我们很大的支持，她说："你们安心工作，家里的事情不用操心，两个孩子交给我来照顾。"在结束隔离病房第一轮工作后，经过集中医学观察，我曾经短暂地回了一次家。我一进家门，两个孩子就冲上前来说："妈妈，要抱抱。"我连忙退后，说"暂时还不能抱抱"，避免和他们接触。在房间里自我隔离了一个晚上后，14 号早上，我又赶回医院，继续开始这一轮为期两周的工作。希望疫情能够早日结束，大家都能够摘掉口罩，拥抱爱的人。

有你们在，我不怕！加油

陈晶和同事刘晶、李晶组成的"晶晶小分队"

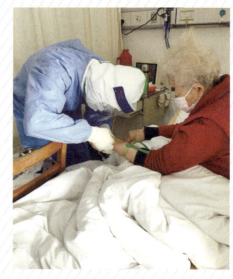

徐飞为患者刘女士扎针

　　我叫徐飞,是空军军医大学唐都医院手术室护士。大年三十到达武汉后,高强度的工作中发生过很多插曲,有的令人沮丧,但更多的是让人内心充满阳光。65岁的刘阿姨非常怕疼,合并有高血压、糖尿病的她,血管又异常脆弱,这为穿刺带来了很大的困难。她躺在病床上说,"护士啊,我好紧张啊"。我就用方言给她讲我小时候的淘气事,刘阿姨被我的陕北方言逗得咯咯笑,就在她放松警惕的时候,我果断出针,一针见血!

　　由于静脉穿刺成功率高,同事给我起了一个外号叫"留置针小王子",在遇到难操作的血管时,都会第一时间想到我,让我蛮自豪的。下班回宿舍的路上跟大家分享扎针经验,我说,戴外科手套操作对于手术室护士的我来说是家常便饭。在隔离病房里我们全副武装,需要戴三层手套,每层我都会选择戴小半号的手套,这样虽然会把手勒得麻木,但是操作起来就利索许多了。

李营

　　我是河南首批支援武汉医疗队队员、新乡医学院第一附属医院全科医学科护士李营。来到武汉投入抗击疫情工作已经 20 多天了。

　　每次进入隔离病房前，我和我的"战友"们都会在防护服上写上自己的名字，外加一些温暖的话，比如"武汉加油""有事儿找党员"，还有人把"热干面""周黑鸭"写上去。

　　31 床的一位大姐问我叫什么名字。我说："我叫李营，您可以叫我'李营长'。"大姐不明白："为啥叫'营长'？""因为我的名字是'营长'的'营'啊！"我俩相视一秒，咯咯咯地笑了起来。时间一长，大姐也变得开朗活泼起来，常常挂在嘴边的话就是"咱们是过命的亲人！"有一次她还热情地问我："你们队里还有单身的小姑娘、小伙儿吗？有的话，我要给他们介绍对象，让咱们亲上加亲！"

2020 年 2 月 18 日

武汉 \ 晴

我是天津市首批支援湖北医疗队队员、天津第三中心医院呼吸科护士长贯筱琳。今天是我来武汉的第 24 天。

前两天武汉下了场大雪，气温明显地下降，特别是在夜间。阿姨们总是在我问到"冷不冷"时，笑着回答"不冷，谢谢"，紧跟着就问我："你们冷不冷？你们北方人不习惯南方的天气，一定要多穿点呀！"那一刻让我很是感动。

从刚来时的紧张，到目前有条不紊地开展工作，大家似乎已经"习惯"了这里的环境，这也意味着大家的精神在不知不觉中进入了"疲劳期"。但每个人都知道，除了尽全力救治每一位患者外，在感染控制方面尤其不能出问题。医院感控老师们采取了"人盯人"的方法，进入病区前逐一检查防护是否到位，出红区脱防护服时更是不厌其烦地死盯每一个细节，嘱咐着每一个步骤，纠正手法，讲解要领。医疗队员们共同努力，坚决要实现零感染的目标。

Chapter Twenty-three

听，
黎明的
编钟声

程娅雯　王叶飞　朱佳清　赵露琦　戈文心　王珍妮　张颖　董桂英

在这样一场战斗面前，

没有人是孤立的，

也许有人失去了一场爱情，

有人失去了一段旅程。

但最怕，就此真的失去了希望。

扫二维码
听有声日记

　　我是湖北省武汉市肺科医院内镜科室的护士程娅雯，我被派到发热门诊与支助中心支援已经一个多月了，我在这里主要负责陪护病人做 CT 检查。

　　由于是肺部疾病引起的呼吸困难综合征，喘气和体力不支是常有的事。50 米的路程、一两层的阶梯、小小的一个坡，在他们面前也成了一个个难以跨越的障碍。帮助病人跨过这些障碍，

程娅雯

就是我的工作。每天用轮椅推着病人一趟趟地跑，穿着密不透风的防护服，常常累到汗流浃背，寒风一吹，又冰凉刺骨。

　　今天陪护的一位 50 多岁的阿姨是 9 号来的医院，今天是第三次复查了，这次她感觉自己轻松了许多，已经可以自行行走了，她告诉我说："这十几天如同走了一趟鬼门关，一度以为自己快要不行了，还好有你们帮助我渡过了难关。"

The Angels' Diaries

　　我叫王叶飞，是中国科技大学第一附属医院西区麻醉复苏室主管护师，1 月 29 日进入武汉金银潭医院重症病区工作。

　　昨天凌晨一点多下班，从重症病房走出来，刚拿起手机，就看到周阿姨给我发来的信息。周阿姨是我在重症病房护理的第一批重症患者，因为照顾她，偶尔陪她聊天，于是成了微信好友。

　　周阿姨在微信里说："飞飞，我今天下午出院了。家人和朋友们一个接一个地发微信和打电话给我，有两个在电话里都激动得哭，害得我也跟着流泪。我现在不需要氧气罩了，但还是喘，偶尔也会咳，我老公和女儿就给我买了一台制氧机，我现在就在吸着鼻氧，因为我今天说的话太多了，气有点喘。我很想你们。"

王叶飞　　　　　　　　　　　周阿姨给王叶飞发的微信

　　我是杭州市中医院重症医学科护士朱佳清。今天我得到一个消息，转去金银潭医院的 43 床病人最后还是走了。

　　43 床的患者，从我们医疗队进驻开始，就是重点观察对象，我眼看他从病重到病危再到有所好转。前一段时间，他的病情又突然恶化，却依然顽强地与病魔搏斗，甚至采取俯卧位通气的方式也要坚持下去。我有时也想，如果换作是我，也许没有这么坚强的毅力撑这么久。他甚至已经写下了遗书，歪斜的字体能勉强认出："我的遗体捐国家。"我瞬时泪目。他还多次拒绝过服药，他说"留给需要的人吧"。医疗团队当然不放弃希望，不停地联系床位和协调 120，终于等来了好消息：金银潭医院有了一个床位，可 120 的设备却还没有到位。没有无创呼吸机，我们就用自己的！没有氧气筒，我们自己扛下去，一个不行，我们扛两个！就这样，患者终于安全顺利地抵达了金银潭医院！还记得那天下班，到达酒店房间，我一屁股坐在行李箱上，突然就泪流满面。

　　他最后还是走了。生命无常，我只能说，我们已经拼尽了全力，相信他也是。愿他安息，也愿我们不再留有遗憾，更愿他的家人能够继续好好地生活下去。

The Angels' Diaries

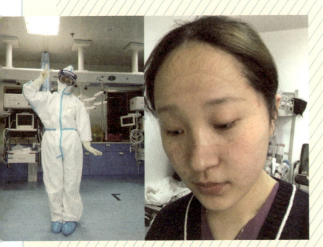

赵露琦

我是孝感市中心医院重症隔离二病区的护士赵露琦。今天下午，我又返回到我的工作岗位上。

1 月 30 日，我进入到危重症病房里工作。2 月 14 日，我们这班医护人员和下一班同事交接好工作后，到酒店进行医学隔离。这几天，我每天都在微信群里看到病人们的各种动态：5 床大爷病情有所好转了，8 床奶奶能吃完一整碗饭了，4 床大妈清醒后只要同事们经过她床旁她都会说感谢……特别牵挂他们，经过多次申请，今天我终于又回到了病房里，能够陪伴在患者身边，我的一颗心也终于安定下来。

再过两天就是我 24 岁的生日了，隔离的这些天，我医院的同事们每天都在问我什么时候回医院，我猜他们肯定是给我准备了惊喜。今年生日，我能够和病房里的"战友"们一起度过，看着患者们都能平安健康，这就是最好的生日礼物。

　　我是武汉市中心医院后湖院区甲状腺乳腺外科护士长戈文心。我和同事郑蒙蒙、徐弯还是国际泌乳顾问，平时还在哺乳门诊坐诊。

　　1 月 26 日，我们三人上了一线，哺乳门诊暂时停诊了，许多新手妈妈们一下子慌了神。于是，我们决定将哺乳门诊开在线上，利用下班休息的时间，在群里解答这些新手妈妈们的疑问。

　　虽然我们白天在隔离病房护理病人，但新手妈妈们的需求和期盼，是我们国际泌乳顾问的责任。群里新手妈妈们的鼓励和祝福，更是激励我们的动力。

戈文心和她的同事

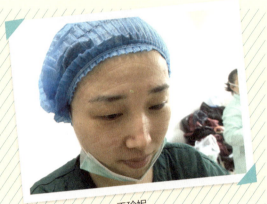
王珍妮

我是常熟市第一人民医院重症监护室护士王珍妮。今天是我来武汉支援的第 23 天。

这期间，给我印象最深的是一位年过七旬的老爷爷，他每天都会用笔记录医院生活的点点滴滴。我也是无意中看到这些记录中，有一份"交代后事"的文字，不免有些担忧，就经常主动和他交流。老爷爷也渐渐地把自己所担忧、所害怕的事与我分享。

现在，这位老爷爷对医治充满了信心。他的病情逐步好转，体温从高热慢慢恢复正常，胸闷气促、睡眠不佳的状况也得到改善。想到老爷爷离出院的日子不远了，我说："老爷爷，我能和您合个影吗？"老爷爷说："当然可以。刚才主任来查房，说这两天我就要出院了，住院的期间，谢谢你们！"

我是浙江大学医学院附属第二医院援助湖北医疗队第六医疗组组长张颖。今天是我到达武汉的第 5 天。

今夜，收治了一位 50 多岁的病人，他本来等待心脏移植，马上看到希望，却和他的妻子都确诊了新冠肺炎。晚上在询问病史的时候，病人显得格外沮丧。在说到他期待已久的心脏移植手术，因为染上新冠病毒而无法实现时，他低下头一言不发。

在这样一场战斗面前，没有人是孤立的，也许有人失去了一场爱情，有人失去了一段旅程。但最怕，就此真的失去了希望。对我们而言，用现有的医疗手段和方法，陪病人走好每一步，把我们的专业、专长发挥到极致，这就是最好的。

张颖和同事们

189

董桂英和女儿

女儿给董桂英写的信

我是北京大学人民医院急诊重症监护病房的医生董桂英。今天是我到武汉的第 12 天。

在开放病房的最初 26 小时，我们医疗队就收治了 50 名重症病患，其中 10 名是危重症患者，需要较高级别的氧疗措施，甚至有的病人被送来时就是休克状态。今天，其中几名上呼吸机的患者支持条件逐渐降下来了，大家都特别开心，无比欣慰，感觉所有的辛苦都是值得的。

还有一个小惊喜，是我收到了女儿的来信。她在信中说我总是特别忙，忙得经常忽略她的存在。但是她也告诉我，妈妈是一名勇士，能帮助很多人起死回生。我真是特别欣慰，在这场没有硝烟的战争中，女儿懂得了众志成城，理解了责任和担当。

今天欣赏了比利时钢琴家尚·马龙为中国创作的一首"战疫防疫"的国际公益歌曲《黎明的编钟声》，歌曲中加入的尚·马龙的中文独白让我特别感动："夜走了，天亮了。天空和钟声一同醒来了，樱花在温暖的春风中飞扬。"愿这一天早一点儿到来。

Chapter Twenty-four

生命无常，必须竭尽所能

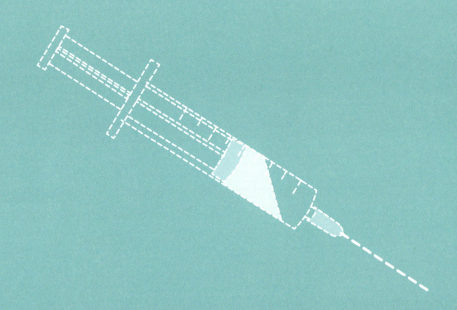

在 我 的 眼 里 ，

他 们 或 许 是 一 家 的 顶 梁 柱 ，

或 许 是 全 家 的 希 望 ……

所 以 我 必 须 竭 尽 所 能 地 让 他 们 活 下 去 ！

扫二维码
听有声日记

饶明月

　　我是武汉市中医医院重症医学科的一名 90 后医生饶明月，平日的工作是进行全院危重症患者的治疗。

　　我们所管的病人都是危重症患者，只有每天去看看他们，我们才能放心。

　　因家属不便来医院，我就把手机号留给每位家属，每天抽空跟家属保持一次电话联系，告知患者病情变化。每次家属跟我通完电话，都会如释重负地说："饶医生，每天跟你通完电话就安心了，谢谢你，辛苦了。"

　　我们所管的几个四十七八岁的患者，来时都是双侧大白肺呼吸衰竭，治疗他们时我的心理压力很大。在我的眼里，他们或许是一家的顶梁柱，或许是全家的希望，他们像我们一样，背后都是整个家庭，所以我必须竭尽所能地让他们活下去！

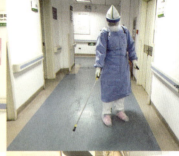

马黎黎

　　我叫马黎黎，是空军军医大学唐都医院疾病预防控制科主管护师。今天又是忙碌的一天，由于收治的病人比较多，忙完时已是凌晨时分，我拿出手机看到有妈妈发来的未读消息，便给她回复道"我刚忙完"，本想她早上才能看到，可是手机却立马响了起来，她居然瞬间回复了我。我很吃惊地问她怎么还没睡，毕竟妈妈常年保持晚上9点睡觉的生活习惯，她回复我说："没事，无论多晚，妈妈等你。"每天妈妈等我回酒店报平安后才能安心入睡，不知道这是她的第几个不眠之夜。

　　这时，我忽然回想起出发前妈妈对我说的一句话，她说"急啥么，等会再走吧"。当时我没有多想，只是觉得心里稍微有点异样，因为妈妈平日里并不会这样，就连我大年三十和初一这样的日子要值班，她都十分支持，唯独这次出发前喊我慢点走。而现在，我明白了她的用心。她心里一万个支持我来武汉，可她知道疫情严峻，作为母亲，她怎会不牵绊自己的女儿。

　　我当然想家、想我的爸妈，但我始终记得自己的职责，查看驻地每个角落、清点物资、准备防护用品、制订流程……每一项工作都容不得丝毫的马虎，保证每一位队员的安全，是我坚守的职责。

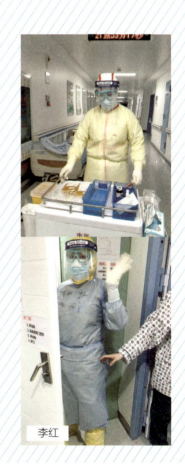

李红

　　我是一名来自通化市人民医院重症医学科的护士，我叫李红。今天是我在抗"疫"前线武汉同济医院中法新城院区的第 19 天。

　　今天是我的白班，和往常一样，穿上笨重的防护服，穿梭在各个病房。巡视病房的时候，我发现 45 号床的奶奶一直将饭放在桌子上，然后望着窗外，特别沉默。我走过去说："奶奶，吃饭吧，一会凉了就不好吃了。"奶奶说："我没有胃口啊孩子，我想家了，想我孙女了。"说着说着，奶奶的眼泪就流出来了。

　　那一刻，我突然想到了我的奶奶，她现在还不知道我在武汉的消息。亲爱的奶奶，您在家还好吗？知道您每天都在惦记我，请您相信我，我一定好好工作，好好保护自己，等我回家给您做您最爱吃的菜。

195

杨奕

我叫杨奕，是安徽省第二批援助湖北医疗队队员、安徽省第二人民医院呼吸内科护师。

前两天，在方舱医院里，一位专注地玩着魔方的姑娘当上了"特约记者"，拍下一段采访病友的情景与画面。视频一发布，不少网友都被她的乐观感动。

你说巧不巧？昨天还在看她的视频呢，今天我巡视病区的时候，偶然看到一位病人的床头柜上放着一个魔方，于是问她："你是'魔方女孩'吗？"她愣了一下，居然开心地应了，我们就此开始熟悉起来。

原来，"魔方女孩"是一名80后幼师，这个魔方原来是给孩子准备的，之前她给孩子报了魔方课。疫情来临，课上不成了，魔方就被她带到了医院里。本来是孩子的玩具，被她拿来很"认真"地打发时间，还处于新手期的她就可以在一分半钟左右把六面全部解完，是不是很厉害？

她现在已经基本痊愈了，我和"魔方女孩"说好了，等到春暖花开，疫情散去，我们相约去撸串，去烧烤，还要去科大、武大看樱花！

吴婷

　　我是江西首批援助湖北随州医疗队队员、南昌市第一医院呼吸科护士吴婷。每天，我们除了护理患者的病情之外，还要做好他们的生活护理，比如说一天三餐把饭送到他们手上。有一个70多岁的李大爷，这几天和我说他吃不下干饭，就想吃点稀饭。于是我就想了一个办法，今天早上的稀饭多订了几份，到了中午和晚上的时候热一下给李大爷吃，然后再配上一些爽口的小菜。李大爷说，他吃得很舒心。

　　今天也是我来到这里的第 14 天了，看到越来越多的患者治愈出院，跟我们挥手告别，我的信心和希望也越来越多，越来越满。病房里的气氛已经不像最开始那么紧张了，因为每个人都相信，过不了多久就能回家了。

　　我也想家，想萱宝，想吃南昌的瓦罐汤和拌粉，但这个时候，最重要的是帮助我们的患者恢复健康，因为生命是最宝贵的。

我是来自西安交通大学第一附属医院呼吸危重症医学科的周博医生。今天是抵达武汉的第 20 天，一切都在步入正轨。

51 床和 61 床是一对老夫妻，70 多岁的重症患者，目前病情都逐渐好转，近日将安排出院。就在前天我刚查完房时，老爷爷偷偷把我叫到身边对我说："小周医生，出院前我想给我老伴一个惊喜，可否帮我准备一支玫瑰花，谢谢你们！"

还记得当时这对老夫妻刚来住院时的场景，他们是我们病区开诊第一天一起来的，那天我问完病史，给老奶奶打了壶热水，老奶奶激动地说："谢谢你们。帮我老伴也打一壶吧，替我向他报平安，我很好！"

昨天，在酒店的帮助下我拿到了一枝玫瑰花，兴冲冲地赶紧带到病房。老爷爷很激动，还给老奶奶写了张纸条："老伴，你在这儿安心养病，早日康复，我们在家中相会。"

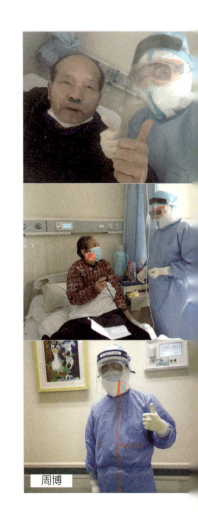

周博

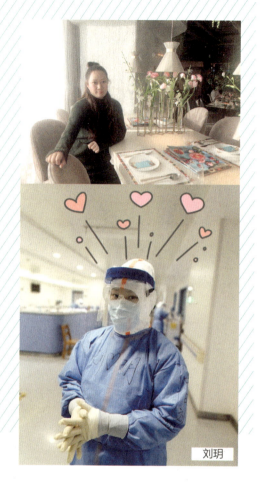

刘玥

　　我是中日友好医院手术麻醉科护士刘玥，今天是我到武汉的第14天。回想2003年"非典"时，我还是个即将高考的学生，看到奋战在战"疫"一线的医务工作者不惧危险、舍身忘我，我非常崇拜。今天，在患者需要的时候，我一定要不负"医者仁心"的称号。

　　每次上班，每个人都要全副武装，一身行头把我们包裹得严严实实。但在我看来，我们更像是卡通人物"大白"，每一刻都在给予患者温暖与关怀。

　　病房里经常会有患者和我聊天："姑娘，你们是北京来的吧？""是的，阿姨！""真好，有你们在，我们很踏实！"……每次下班交班时，我们一句刚刚学会的蹩脚的武汉方言就像一剂神药，可以瞬间缓解患者的症状。"奶奶，你蛮杠，要听医森滴话，轴你呀康复！"奶奶就会特别开心地回答我："你们帮奏我，我得葛自嘎加油！"

2月20日，志愿者从铁门外给居民递快递送来的物资。

刘中灿　摄

The Angels' Diaries

Chapter Twenty-five

妈妈还在一线，我更不能缺席

邓丹菁
张燕华
吴云
刘琪
燕重远
程娅雯
秦湧

希望快点结束隔离观察，

回到工作岗位。

妈妈明年就要退休了，

都还在一线，

我更不能缺席。

扫二维码
听有声日记

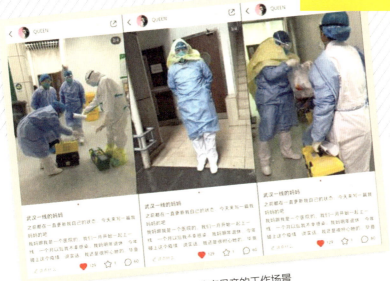

邓丹菁在社交平台分享母亲的工作场景

　　我叫邓丹菁,今年 29 岁,是武汉市第七医院负责社区医疗的护士。我 2 月 3 日被确诊新冠肺炎,2 月 18 日出院。这两天自己在家隔离观察。

　　1 月 12 日,医院开了一次会,说疫情很严重,我也是从那天开始在社区做上门摸排的工作。摸排不分早晚,疾控部门的名单来了,我们就出发。1 月 20 日,我们医院被设置成定点发热门诊,其他的科都停了,我妈妈本来在外科工作,也都开始照顾发热病人。

我1月底出现感冒症状，2月1日晚上发烧，37.8摄氏度。我没有很紧张，第一时间告诉我妈妈，明显感觉我妈妈一下子声音都变得紧张起来，但她还是用轻描淡写的口气说："没关系，会治好的。"

住院的前5天，我一直在发烧，体温忽高忽低，烧到一个最高值自己又慢慢降下来。后来又一直吐，没有胃口，任何东西都吃不出味道。有一次半夜实在难受，感觉周围说话的声音都变得遥远空旷，我赶紧提醒自己醒过来，不要睡着。

说实话，也有过最坏的打算，就是治不好。临去医院前和我老公说，如果我回不来，你一定要把我们的女儿培养上清华大学。我老公说，这个任务太艰巨了，他一个人肯定完不成，只能等我病好后回家一起教育女儿。女儿5岁了，这些天都住在我妈妈那里，全家只有她不知道我生病，还以为我在救人。

我也在小红书上发自己确诊、治疗的过程，以前只是在上边看美妆穿搭，没想到这次写治病也得到很多留言，大家给我安慰和鼓舞。希望快点结束隔离观察，回到工作岗位。妈妈明年就要退休了，都还在一线，我更不能缺席。

邓丹青在社交平台分享自己的康复过程

左：邓丹菁出院时与母亲张燕华的合影；
右：母女俩的日常合影（小红书截图）

　　我是武汉市第七医院门诊外科换药室的护士张燕华，也是邓丹菁的妈妈。没想到在退休前一年还会遇上这样的疫情。穿着隔离服、戴着护目镜，在我 36 年的工作经验里这还是第一次。疫情暴发后，我们医院临时组建了支助中心。支助中心体谅年纪大一些的护士，给我们的任务相对轻松。我主要负责引导就诊的患者，运送他们的血液、粪便等标本。往常手机记录的步数一天三四千步就不得了，现在一天有一万五千步。

　　我们医院有个 APP，职工可以上去看病历。女儿确诊之后我不能去看她，就在家里刷手机上的病历。有一天晚上看到她发烧差不多 39 摄氏度，下了"病重通知单"，写的什么"随时可能有呼吸心搏骤停，随时要死亡"，看到这些字我简直是……当时就懵在那个地方了，那种心绞痛的感觉，很痛。我也不敢作声，不能跟我老公讲，更不能跟女儿讲，也一滴眼泪都不敢掉。

　　本来我是挺开朗的人，女儿确诊之后，我工作期间就不怎么说话。同事们都安慰我。在家里我跟老公也从来不讨论女儿的病情，这些天他没有上班，把所有的家务都承担下来，这是以前从来没有过的。

　　从 2 月 1 日女儿发烧开始，我就没见过她。一直到 2 月 18 日她出院，本来想抱一抱她，她说不行，我们就只是合照了一张相，她就走了，隔离去了。我们俩经常不像是母女，更像是姐妹，关系特别融洽。她上护士学校是我帮她做的决定，但我不后悔。因为我爱女儿，也爱我们的职业。希望她顺利康复，早点能回来上班。

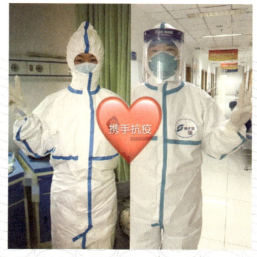

吴云（右）和妻子沙琳琳在不同的医院工作，防控
疫情期间不能见面，只能通过网络聊天互相鼓励，
用手机拼出"携手抗'疫'"的画面

我是湖北省武汉市汉口医院的医生吴云，是发热门诊和急诊治疗小组的组长。
我们医院是首批新冠肺炎定点收治医院，急诊室每天都会接收很多重症和急重症的
老年患者，工作量非常大。

前两天，我值完夜班，回到酒店刚躺下，就接到同事的电话：抢救室接收了一
位 67 岁的爹爹，新冠肺炎合并气胸，有慢阻肺病史。高流量给氧的情况下血氧饱
和度也只有 70%，生命垂危。我立即赶去医院，在抢救室看到爹爹呼吸已经很费力
了，我立即给他做了胸腔闭式引流术。

做手术的过程中，我让同事和助手都离我和患者尽量远点，担心手术过程中
喷出的气溶胶把他们感染了。手术刚做完，爹爹就觉得胸闷明显好转，血氧饱和
度也升上来了。在病房看到爹爹恢复得很好，我很高兴，这也给了我继续坚持下
去的动力。

刘琪

刘琪与送她口罩的患者合影留念

2020 年 2 月 21 日

我是海南省妇女儿童医学中心护士刘琪,我来武汉支援已经半个多月了。这两天,我们陆续在江汉方舱医院为大批患者办理了出舱手续。半个月的时间,我们在方舱医院成了好朋友,一起唱歌,一起跳舞……

一位病患临走前拿出 5 个包装完好的 N95 口罩递给我,说:"你一定要拿着,一定要做好防护。"那一瞬间,泪水在我的眼眶里打转。要知道,在武汉这样的疫情重灾区,是"一罩难求"的。她把不舍得戴的 N95 口罩留给我,自己却戴着普通的医用口罩。

还有几位患者姐姐在离开前提出合影,并向我要了联系方式。她们对我说:"我们都很爱武汉这座城市,虽然它现在生病了。等病好了你们再来,我带你们去吃好吃的。"

燕重远（左二）和同事

我是河南省第四批支援武汉的医疗队队员、郑州市紧急医疗救援中心调度科科长燕重远。来到武汉投入抗击疫情工作已经 17 天了，我负责车辆的指挥调度工作。

昨晚，9 点多，当天的工作已经完成，做完"洗消"、"消杀"工作之后，大家都回驻地休息。这个时候，武汉指挥部给我来了一个电话，说现在有将近 20 个病人需要转诊。

我当时就想，是重新安排呢还是怎么办？我在我们的工作群里，悄悄地发了一个群消息说需要 6 台车，没有 @ 大家，看谁看到。不到十秒钟，有 8 名医生纷纷表示"我去，我们能去，我们也能去……"

我们这个工作群处于一种"抢单"模式，自己的分内工作要干，还要积极主动抢一些额外的活、突发的活，不是来当摆渡车的，我们是来打硬仗的。

我是武汉市肺科医院内镜科的护士程娅雯。我被派到发热门诊与支助中心支援已经一月余，我在这里主要负责陪护患者做 CT 检查等。

由于是肺部疾病，患者血氧饱和度降低，常伴有喘气以及体力不支，我的工作就是借助轮椅等工具护送病人安全检查。

这两天，陪护了一位个头高大的大叔，虽然看起来结实，但其实他已经无法独立行走了。做完 CT 检查，平躺着的他难以起身，借助我胳膊肘的力量搀扶着才艰难地从仪器上坐了起来。看着他想努力穿鞋却又力不从心的样子，我赶紧蹲了下来为他把鞋穿好。他连忙说："小姑娘，别，别碰，脏！你们要保护好自己！"我说："没事，大叔，这是我们能够做的一点点小事，您现在的主要任务就是养好自己的身体。"大叔听了，眼睛瞬间就红了，又连声说道："谢谢，谢谢！"

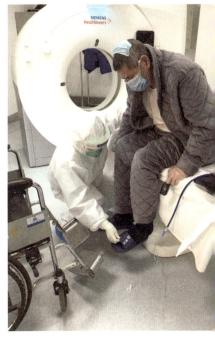

程娅雯和患者

秦湧

　　我是江苏第一批支援武汉医疗队队员、南京医科大学第二附属医院副主任医师秦湧。从正月初一出发到现在，已经在江夏区第一人民医院工作 27 天了。

　　1 月 18 日晚上收治了一位 78 岁的老人。他的老伴、儿子和未成年的孙子相继发病住院，不幸的是，他的老伴因病情持续加重医治无效，上周去世了，儿子和孙子目前还在医院治疗。查房时，询问老人的病史和家庭情况，想到这么高龄的老人，承受了这么大的打击，我差点泪奔。

　　老人刚住院，心情悲痛，情绪也有些紧张。我紧紧抓住他的手，告诉他，虽然这个冠状病毒传染性很强，但全国各地数万医护人员共同作战，目前患病人数明显下降，治愈人数不断增加，他和他的儿子、孙子一定会很快地好起来。

Chapter Twenty-six

谢谢你，这么靠近我

刘丽　白国强　苏航　韩雅婷　李儒烨　朱敏　李晓青　邱文瑾

中医药里有味药叫金银花，

它是抗病毒的中草药，

我们也叫它忍冬，

熬过寒冷的冬天，

就是鲜花烂漫的春天，

加油，我们一起努力！

扫二维码
听有声日记

　　我是武汉市肺科医院的护士刘丽，我已经投入到抗"疫"一线 50 多天了。今天接到发热门诊电话，他们接收了一位中年病人，需要送到病房。我第一眼看到他的时候，他一个人坐在走廊上，脚边一大堆行李。因为有点喘气，我拿了个轮椅推着他。去病房的路上有个斜坡，我试了一下不太好推，正准备喊同事帮忙，他说他能坚持走几步，我看他面色乌青、用力走路的样子，有点于心不忍，便问他怎么是一个人，没有家属陪着吗？他说家属都住院了，就剩下他了，我顿时觉得心酸。等我默默将他送到病房门口，他对我说："谢谢。我也不想麻烦你，实在是家里没人。你们辛苦了！"一直到忙完之后，我还久久回不过神。

　　今天突然收到一箱苹果。快递单上写着：护士刘丽收，福建南安橱柜师傅，央广听到"天使日记"，一点心意，保护好自己，加油！原来是福建的好心人听到我前两天在央广中国之声播出的日记，特意寄给我的。我将这些爱心苹果分给了同事和患者，大家都说很甜，甜到我们心里去了。谢谢你，橱柜师傅。

刘丽收到的苹果箱上的留言

213

我是北京友谊医院重症医学科的医生白国强，今天是我到武汉的第 27 天。

在我们病区里，重症患者的比例高达 97%。我还是忘不了 2 月 18 日的那个白班，早上 9 点接班，夜班的值班医生详细地给我交代了他夜里的工作，41、51、52、61、102、151、161，这是病危的床号，也是一个个正在与死亡斗争的生命。

白国强

我刚看完两个病情最严重的病人，就听到护士站传来呼叫："52 床需要抢救！"听到喊声，我箭一样冲进 52 床的房间。这是一个 80 岁的老爷爷，已下达了病危通知单，家属表示不再做有创抢救。当我走到床前，心电监护仪上显示心电图已呈直线。我嘱咐护士马上给肾上腺素，1mg、1mg、3mg……老人家的心脏却再也没有恢复跳动。从听到呼叫到进入病房，只不过几秒钟的时间，病情瞬息万变，让人措手不及。此时，任何抢救药物都已经没有意义。老人家就这样安静地离开。

这一天下来，所幸，其他危重患者的病情基本稳定下来，看到他们不断升高的脉氧，逐渐平稳的呼吸，我的心里还是有了更多的希望。

这就是我们抗"疫"一线的日常，在失落中变得坚强，在希望里迎来曙光。

苏航

我叫苏航，河南省中医院的护士，今天是我进入江夏区大花山方舱医院的第 8 天。

夜班的时候做晚操，我发现一位女患者在偷偷地哭泣，原来她爱人因患新冠肺炎病情加重了。而她儿子在另一个酒店的隔离点，要见他爸爸最后一面，自己偷偷地从隔离点跑出去了。我一边担心阿姨的情绪，一边又怕她儿子在外面干傻事，就通过微信劝导他返回隔离点。我和他说："弟弟，你的妈妈还在方舱医院担心着你。你现在是家里的顶梁柱，你可以哭，但是请你保持理智。我们照顾着你妈妈，请你放心，也请你保护好自己。"

经过三个多小时的反复劝说，小伙子终于返回了隔离点。早上，传来个好消息，小伙子的爸爸已经脱离了危险，在医院进行进一步的治疗。

中医药里有味药叫金银花，它是抗病毒的中草药，我们也叫它忍冬，熬过寒冷的冬天，就是鲜花烂漫的春天。加油，我们一起努力！

2020 年 2 月 22 日

韩雅婷

我是浙江大学邵逸夫医院肿瘤内科护士韩雅婷，我们医院整建制接管了华中科技大学同济医学院附属协和医院肿瘤中心八楼重症病房。

到这里已经一周了，武汉天气很冷，但武汉人民的心却深深温暖着我们。就像我们病房里有位 94 岁的李奶奶，我对这个奶奶印象最深的就是"别碰我"以及她的"三万块"。

高佳是 EICU 的护士，那天，我和她一组去查房，刚好看到李奶奶躺在床上挣扎着想要起来上厕所，我们立马上前想要搀扶她。没想到，李奶奶却用力挥手，把我俩推开，也许是挥手太用力，李奶奶都开始头晕了。她的嘴里一直念叨着："我知道你俩都是好孩子，但是你们年纪还小，千万不能传染给你们。"听了李奶奶的这番话，我的眼眶马上就湿润了。我们一直在跟李奶奶解释，我们穿着隔离衣，让她不用担心。但李奶奶始终不肯让我们碰。最后，才同意我们一直看着她上完厕所，回到病床。慢慢地，李奶奶和我们接触多了，她才放了心。

李奶奶一家人都住院了，已经大半个月没见过家人，想念她儿子的时候就会掉眼泪。有一天，李奶奶还专门拄着拐杖走到门口跟我们说："孩子，我还有 3 万多元的存款，你们缺钱了管我要啊。"我想，李奶奶是把我们医护人员当成了她的孙子、孙女，虽然我们无法减少她对孩子的思念，但我们尽所能地去倾听、安慰与陪伴她。

　　我是武汉汉口医院现驻守刘店街 120 急救站的医生李儒烨。今天是我加入抗击疫情一线的第 31 天。

　　在 120 的日子里，每天接送十多单，24 小时的班里，几乎没有休息过。那时候看到了很多感染新冠肺炎的患者，有的病情很重，有的还不能及时安排床位，我也跟着难过。我只能尽我最大的努力，把我送的每个病人都安顿好了再走。

　　后来，各省援助，定点医院扩大，雷神山、火神山、方舱医院建立，情况开始逐渐好转，出诊车次慢慢开始减少，接诊的也大多是轻症患者，也基本能收治入院，我的心情也像武汉的天气一样慢慢转晴了。

　　前几天我和另一个 120 医生申请加入医院的一线，我想把我的兄弟们替换下来，让他们也能适当休息。我想申请入党，和我所有的兄弟姐妹们并肩作战。

The Angels' Diaries

The Angels' Diaries

　　我是来自江西抚州市第一人民医院的护士朱敏，目前在随州市曾都医院感染科工作。

　　在我们病区已经连续多天病人出院数大于入院数了，每天都有患者穿戴整齐，整理好行囊，满面笑容地走出医院。看着病友们一个个症状减轻，治愈出院，我心里又多了几分干劲和抗"疫"的信心。

李晓青

　　我是东南大学附属中大医院重症医学科护士长李晓青，今天是我来到黄石的第 10 天，终于有时间坐下来写点什么。

　　那天下午，9 床患者的高流量管路有些牵拉，我走近一步问他："紧不紧？难受吗？我帮你调下？"他愣了会，抬头看着我说："你是在问我吗？"我说："是啊！"他忽然就激动了，对我说："谢谢你和我说话，还靠这么近帮我。"那一下我心里好酸又内疚：我们只顾着忙，忙到只把他们当成病人，只想努力救活每一个，却忘记了他们在这里的孤独和绝望。原来我可以做的很多，除了日常监护和抢救，还可以放慢脚步，哪怕只是轻轻地和他们说上一两句，也会让他们安心，有希望。

　　我是成都市中西医结合医院护士邱文瑾。今天是我来到武汉汉阳方舱医院的第13天。我们四川医疗队在汉阳方舱医院里面做了一面心愿墙，让医院里的每个病友贴上他们的心愿。

　　病友们来到心愿墙面前，认真写下他们的愿望。表达了对武汉的祝福，对医护人员的赞扬，对未来的期许，对家人的想念。这也让他们更有信心与病魔做斗争。我们这群医护人员，也会坚强地帮他们守护这一个个的心愿。

邱文瑾

朱贻芬
韩莹
马维辉
宋飞
李元元
叶新馨
焦占全

Chapter Twenty-seven

病毒不可怕，我们可以战胜它

看到原本有点紧张的医患关系，

因我做的这件事变得和谐了，

就觉得值。

我希望通过我们大家的努力，

把爱心传递下去，

让医学温暖起来！

扫二维码
听有声日记

朱贻芬

　　我是武汉市中心医院妇科门诊护士朱贻芬。前段时间，医院组织小分队下社区，为隔离点患者采集核酸检测样本，我就主动报名参加了。

　　我曾经有过 10 年的呼吸科工作经验，对采集咽拭子样本的操作很熟悉。在采集样本时，我们需要使用咽拭子同时擦拭患者的双侧咽扁桃体及咽后壁。操作过程中，要直面患者口腔的飞沫，有的患者咽喉很敏感，受到刺激时会咳嗽、呕吐，所以每采集一次样本，都意味着要面临一次感染风险。

　　在采样时，我们必须全副武装，除了必戴的护目镜、医用外科口罩、N95 口罩及防护服以外，还要多戴一个正压头套。这样的标准防护穿戴一个小时，人就会呼吸困难，头晕眼花，身上也会被汗水湿透。

　　因为要当天采样当天送检，我们最多时一天要为 300 多名患者采集，想到自己能为这么多需要检测的患者提供方便，这点辛苦也不算什么了！

韩莹

我是通用环球医疗集团西电集团医院重症医学科韩莹。记得那是在我到武汉的第 9 天，早上 7 点半抢救患者刘先生，当时患者以呼吸机辅助呼吸，突发心率下降，意识不清。

当看到仪器数字异常时，我扑上前，在他耳边大声喊："刘叔叔！刘叔叔！醒醒，快醒醒！"没有叫醒他，我拼尽全力为他进行胸外按压，汗水顺着额头往下流，"嘣"的一声，我的防护罩带撑开了！

我迟疑了一秒，有点慌，告诉自己不能放弃，不能中断！我竭尽全力按压……看到心率恢复，医生说停止按压时，我握着他的手继续呼叫他："刘叔叔！"感觉他紧握了一下我的手，那应该是最后一点力气了。但过了几分钟心率又下来了，我继续按压，最终，还是心率、自主呼吸、心跳都停止了。

尽管见惯了 ICU 里的生离死别，那一瞬间，我还是为生命的脆弱流泪了。

马维辉

　　我是吉林省中西医结合医院的医生马维辉，今天是我来武汉的第8天，负责的是雷神山医院感染三科八疗区，疗区可以容纳近50名患者。雷神山医院都是负压病房，病房里的气压比病房外要低，室外的新鲜空气可以单向输入室内，最大程度地降低交叉感染的风险。

　　这些患者普遍病情较重，很多人表达不是很清楚，地方口音又重，所以我们医护人员都是反复询问才能听懂他们说的是什么，如果实在不明白我们就写下来给患者看。前两天，2床那一位83岁的退休老师，老伴刚刚过世，情绪很不好，听力也非常不好，我就一句一句写给她看，她还总是怕麻烦我们。

　　因为经常忙到很晚，我们好几个医生、护士都没来得及回宾馆。医生休息室有几张床位，大家轮班在那儿简单睡一会，就又开始了白天的工作。

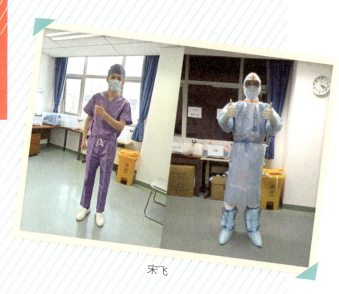

宋飞

　　我是山东大学齐鲁医院手术室的一名 80 后男护士，我叫宋飞。

　　今天是白班，在巡视病房时，我发现 24 床 60 多岁的老大爷，半躺在那里发呆，很沉默、很孤独的样子。

　　我来到了病房，起初和他的交流也比较困难，说什么他也听不进去，也不理会。当我问："大爷，您是不是想家人了？"老大爷抬起了头，眼里含着泪水告诉我："我想我孙女了。"我握住了他的手说："我帮您联系她好吗？但是您要听话，接受我们的治疗及帮助，您才会一直见到她。"说到这，老大爷点点头。我们拨了一个电话号码，一直也没人接，当时也是一个善意的谎言吧，我告诉老大爷说，已经联系上了，并告诉他："您的孙女让我转告您，她很想爷爷，让爷爷在这里配合治疗。"老大爷听到这里，我能看出他心里变得踏实，后来也慢慢接受了我们的治疗及护理。

李元元

　　我叫李元元，是郑州市妇幼保健院的一名护士，在武汉青山区方舱医院，负责护理 38 名患者。

　　有一天值班，一位患者看到我在发中药，就招手示意我，问："姑娘，你是河南来的吧？我听口音你像河南南阳的？"我说："是啊，我是南阳方城人。"这位阿姨高兴地说："我是南阳独树镇的，咱们是老乡啊！"她激动地伸出双手，但立刻又收了回去，不好意思地说："阿姨怕传染你……"就这样一句话，顿时使我湿了眼眶。我尽量抑制住，怕护目镜花了无法工作。

　　不怕被笑话，刚进舱的那次值班，我印象挺深刻。查完房一圈下来，可能是话说太多，感觉心慌、上不来气；加上护目镜戴得紧，像紧箍咒一样，头疼得厉害。几次想吐出来，我都咽了下去。因为不能污染口罩，不想浪费这身防护服。戴上护目镜，一眨眼，一张嘴都是咸咸的，有时甚至连鼻涕都流进了嘴里。

227

叶新馨

我是来自安徽巢湖宋庆龄爱心医院血液透析室的医生叶新馨，今天是我免费接送透析病友来医院透析的第 25 天。

5 点一刻，我带上一杯提神的浓茶出发，边开车边提醒自己："千万不要漏接了病友啊！"一漏接就可能来不及。

今天要去苏湾、黄麓、柘皋和庙岗接 9 位病友，来回四趟就可以解决。最高峰的一天接了 19 位病友，需要来回跑 6 趟，还是很紧张的。

有人问我为什么想到免费接透析病友。其实想法很简单，首先，他们是我的病人，封城后，一些本来经济就很困难的患者，得花三四百块钱租车才能来医院，是一道很难过的坎，但如果不透析，一到两周就会危及生命；另外，作为医生，虽然去不了武汉前线，但总得为这次疫情做点什么。

看我每天忙着接送病友，同事们都来帮忙，以往透析是有时间规定的，现在，病友啥时候到就啥时候安排透析。一位病友歉疚地跟我们说："以前心情不好总会骂你们，现在知道是我们错了。"

看到原本有点紧张的医患关系，因我做的这件事变得和谐了，就觉得值。我希望通过我们大家的努力，把爱心传递下去，让医学温暖起来！

焦占全

　　我是天津市海河医院心脏科的焦占全医生。2003 年"非典"的时候，我还是一个即将本科毕业的临床医学生，和同学集体隔离在学校。没想到 17 年后，一场新冠肺炎疫情，也使我上了战场。

　　昨天，是个小胜的日子。因为我们一位 91 岁的新冠患者——杜大爷出院了，他是目前天津年龄最大的新冠肺炎康复者，不知道是不是全国年纪最大的。杜大爷是重症患者，认知功能还有一定的障碍。作为主治医生，还记得自己第一次给杜大爷做咽拭子的情形，他眼神里传递的依赖、感激，让我抛下了原本所有的顾虑。

　　真的特别高兴，经过 26 天几番起落的治疗调整和悉心照料，91 岁的杜大爷终于出院了，这一次小胜利，让我们觉得：病毒不可怕，我们可以战胜它！

火神山工地上忙碌的工人。
刘中灿　摄

Chapter Twenty-eight

方舱医院旁的树开花了

胡智敏
袁曼
高帅
席晓会
许程飞
曹小琴
伔米力江·阿力木

他们出院了我很高兴，

心里感到特别欣慰。

方舱医院旁边的树开花了，

有粉色的、白色的，

都能感受生命绽放，特别美丽。

扫二维码
听有声日记

胡
智
敏

　　我是胡智敏，武汉市肺科医院内镜中心的内镜医生，支援发热门诊已经25天。

　　刚去发热门诊的那段时间，是我院发热门诊量剧增的时期，每天目睹门诊患者焦急地排队、等待，留观室危重症患者不断加床，除了开具相关药物，还特别需要安抚患者的情绪。一部分患者在留观室也得到了治愈，这是我们最高兴的事情。作为医生，我也得到了安慰。

　　今天家人发来微信图片，说收到一大堆社区工作者为医护人员家庭送的蔬菜，让我安心工作，家里一切很好。我还接到陌生来电，是下沉社区的党员同志对一线医务人员的问候，并告诉我家里有任何困难可以随时打电话联系他。

　　这些天，发热门诊的患者数量一天天减少，绝大部分是前来复查的恢复期病人，留观室的重症患者全部顺利收入隔离病区，得到更加系统的诊疗……希望有更多让人安心的消息。

1 月 24 日，黄文军写下请战书

我是孝感市中心医院呼吸内科护士长袁曼。

因感染新冠肺炎，2 月 23 日 19 时 30 分，黄文军在工作了 19 年的湖北省孝感市中心医院去世，年仅 42 岁。

疫情开始以来，呼吸科一直在收治新冠肺炎患者，从未间断过。黄文军作为医院呼吸内科副主任医师，是一位资深专家，1 月 24 日，他主动提交请战书，申请去隔离病区工作。黄医生自身有糖尿病，却一直坚守在工作岗位上。白天上发热门诊，顶在最危险一线工作，晚上赶往孝感市各县市区，去参加新冠肺炎疾病相关的专家会诊工作。他平时工作态度也是这样，积极主动，从不叫苦叫累。因为他体态微胖，说话快人快语，脸上总是笑容满满，因此大家给他取名为"老黄牛"。

老黄，工作中，好多次在走廊里和你碰面时，我们都喜欢跟你斗嘴耍贫，因为我们都知道你不会生气，其实我们就喜欢看到你灿烂的笑容。

当得知你被确诊新冠肺炎以后，我立即给你打电话。我们都劝你放下手头的工作，赶紧住院，你总是说"还好，不要紧"，还在乐观地笑，可你不停的咳嗽声，真是让人担心。后来，你病情加重，大家准备给你插管时，你在一张纸上写下："不插管，我还好"。我们都知道，你是怕传染给同事……

老黄，老黄牛……你还听得见我们的呼喊声吗？

黄文军 01

黄文军 02

隔离区里的高帅

我是山东大学齐鲁医院肝病科主治医师高帅。17 天前，我们医疗队支援武汉，接管了武汉大学人民医院东院区的两个重症病区。

我在第 17 病区工作，这个病区的患者大多是由方舱医院转来的。其中一位 88 岁的老人，让我印象非常深刻。

她是由养老院送来的，身体非常虚弱，严重营养不良。由于常年卧床，生活不能自理，她背上还有几片很深的压疮。

老人在隔离病房里非常紧张。我们在药物治疗的同时，也给了她更多的关怀和安慰。她听不懂普通话，我们就自学了简单的武汉话同她交流。她牙齿不好，我们专门准备了破壁机为她制备营养餐。隔离病房里，不允许家属陪同，护理人员给她喂饭喂水，翻身拍背，清理排泄物。有一次，我在查房的时候，她紧紧地抓住了我的手，沧桑的脸上满是感动。

老人很配合我们的治疗。经过我们一起努力，最终战胜了病毒。她也是我们医疗队接管病区以来，首批出院的患者之一。

席晓会

我是北京大学人民医院神经外科的主管护师席晓会。今天是我到武汉的第 17 天。

我上个班是夜里 1 点到 5 点。巡视完所有的患者后，我还是不放心 5 床的奶奶，总觉得她有什么事情。进到病房，见奶奶坐在床上，我问："奶奶，您怎么坐起来了？"老奶奶抬头看着我，摆摆手，说："没事！"我又问："奶奶，有什么事您跟我说，我可以帮您！"她抬起头，说："我想喝水。"我刚拿起水杯，想去拿暖壶，奶奶说："水有点凉。"说完，她又将头深深低了下去。我这才明白，奶奶想喝热水，但是不好意思麻烦我去打水。

之后我帮奶奶打好水，又把她保温杯里的水倒掉，去卫生间清洗了杯子、杯盖，再回来倒上新打的热水，跟她说："现在有点烫，您晾晾再喝！"奶奶慢慢抬起头，双手合十，对我说："谢谢，谢谢北京来的娃儿！"又低头小声嘟囔了一句，"哎，我没用，一天天总给人找事儿！"我赶紧说："奶奶，没事，我们从北京那么远的地方来，就是来帮助您的。有事儿您说话！"她冲我点了点头。我转身离开，听见身后又传来一句："谢谢你！"我回过头，看到奶奶又在冲我拱手致谢！

我已经工作 15 年了，没想到还是会被这普通的三个字感动到泪如雨下。

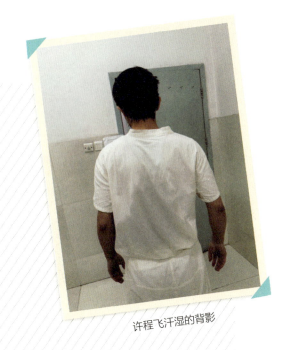

许程飞汗湿的背影

　　我是天津市第三中心医院重症医学科护士许程飞，这些天担任武钢二院一队护理八组的代班护士长。

　　四楼病区收治了一名"特殊"的新冠肺炎患者，因为他还是一位肿瘤晚期患者，身上插着尿管和胃管，生活不能自理，需要护士全方位进行治疗护理和生活照顾。第一次查房时，我发现患者双侧足跟压疮和骶尾部深部组织损伤，后背压疮到了 II 期，左手手背处有水泡。由于条件有限，我只能先对患者手部的水泡和后背的压疮进行处理，双侧足跟用枕头抬高，后背用枕头进行一侧垫高，减少患者骶尾部受压。之后每两个小时带领本院医护人员一起给患者翻身。通过细心地护理，目前患者的后背部压疮和手背处明显好转，足跟部和骶尾部压疮也没有进一步恶化。

曹小琴为战友消毒杀菌

　　我是空军军医大学唐都医院疾病预防控制科主管护师曹小琴。到武汉已经31天了。

　　作为一名疾病预防控制科主管护师，我的主要工作是保障队友们的安全，不给病毒留下任何可乘之机。我们建立了全接触点消毒杀菌制度，早上，我照常在酒店驻地门口配置消毒液。因为想尽早完成准备工作，本来两次搬完的东西，我一次全拿上了，提着几件，还用肚子顶着几个，就在这时，驻地酒店对接老师徐春华朝我跑了过来，从我手中接过去一大半，还说："以后这样的事，一定叫上我一起，让我多做些事吧！"

　　又见到徐老师时，她正拿着几个大洗衣盆过来，对我说："昨天在电梯里听到你说洗衣盆坏了，在问队友借，我下班后就赶紧新买了几个给你们用。你们还有什么需要，尽管和我说。"我无心的一句话，没想到她记在了心上。

　　从"解放军来了，我们有救了！"到"解放军，我还能为你做点什么？"，这些天我们不但听到大家的感谢，更听到对我们的激励。

佧米力江 · 阿力木

我叫佧米力江·阿力木，是来自新疆和田地区传染病专科医院的一名护士。我们是和田的第一批、新疆的第二批驰援武汉的医务人员。

在来武汉之前，我去过最远的地方就是乌鲁木齐。我来到武汉的第一感觉，就是这里特别美，高楼大厦特别多。

我工作的地方是武汉东西湖方舱医院，我们方舱医院就是一个大家庭，有来自全国各地的医护人员。C 厅就是广东和新疆的医务人员，我们会彼此开玩笑，叫他们一声"靓仔"，他们也叫我"靓仔"，我也特别高兴。男护士的优势是很显著的，每次我们会提两大桶水进仓，力气活都是抢着干的。

现在每天都有出院的，出院的人数多，进仓人少，空床也有了。他们出院了我很高兴，感到特别欣慰。方舱医院旁边的树开花了，有粉色的、白色的，都能感受生命绽放，特别美丽。

Chapter Twenty-nine

这个患者
有点逗

曾为红　邹晓华　杨茗　袁磊　张娜　张美玉　伍贵　赵晓平　李立宇

我看了看他的心电监护，

显示只有 87% 的血氧饱和度，

刚想回话，

他又说：

"人家方舱医院的护士会跳舞、

会太极、会八段锦……"

把整个病房的人都给逗乐了。

扫二维码
听有声日记

我是湖北省武汉市汉口医院呼吸八科副主任医师曾为红，今天是我加入抗击疫情第一线第 33 天。今天，科里一位曾经做过肺叶切除术的肺癌危重患者康复出院。患者入院时高烧不退，呼吸困难，呕吐腹泻，不能进食，经 20 多天紧张地救治，终于痊愈了。患者双手合十，不停感激所有救治过她的医务人员，就在那一刹那，我觉得所有的辛苦都是值得的！

我的妹妹和我的小姨目前也都奋战在抗"疫"的第一线。现在我想对亲爱的爸爸妈妈说："不要担心我们，最艰难的时候已经过去了，我们都会好好的！相信我们马上就可以团聚了。"

曾为红

　　我是吉林市化工医院医生邹晓华。我所在的汉阳体校方舱医院主要是收治轻症和普通症患者。32 床的患者是一名义工，他指脉氧偏低，医生曾建议过患者转院治疗，但患者想观察病情，当时并没有同意。

　　前两天我在查房的时候，再次询问了他的情况。他说，住院后又出现气促，并出现咳嗽、痰中带血。护士为患者又测了一次指脉氧，结果为 91%，这说明患者存在较重的肺炎，需要尽快转到定点医院进一步治疗。

　　我立刻将患者情况上报给上级协调转院，我一边把患者转到抢救室吸氧，一边向患者耐心解释：重型新冠肺炎病毒载量大，传染性强，病情可能随时恶化，不适合在方舱医院治疗。这次他终于同意转院了。很快，120 急救车来了，我拎起患者的生活物品，和他一起上了 120 急救车，顺利把他护送到泰康同济医院。希望他能好起来，也希望武汉快好起来。

邹晓华

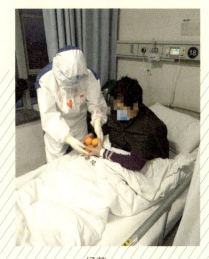

杨茗

我叫杨茗，是河南省直第三人民医院心内科的一名护士。今天是我来武汉支援的第 24 天。

在值班时，半个小时的工夫，我就听见 15 床的叔叔四次提出同一个要求，他说："护士、护士，我想去方舱医院！"我问："为什么呀？"他说："我的病情减轻了，想去方舱。"我看了看他的心电监护，显示只有 87% 的血氧饱和度，刚想回话，他又说："人家方舱医院的护士会跳舞、会太极、会八段锦……"把整个病房的人都给逗乐了。

我说我们虽然没那么多才艺，但是多少也会一点儿，我给您唱歌吧，您想听什么歌？叔叔看了看我，笑着说："我什么也不想听，就是想找你们说说话！"

是啊，有时候我们也会遇到不同的患者发牢骚，殊不知那只是叔叔阿姨想和我们聊聊天、唠唠家常罢了。他们好好的，我们的心里也暖暖的。

我的父母和弟弟，此时也跟我一样，在抗击疫情的一线"战斗"着。父母是村医，每天都会跟老乡们打交道，守护他们的平安与健康；我的弟弟是一名大夫，他被抽调到疾控中心深入社区做流行病学的调查工作。虽然我们在不同地方，但是我想我们的心愿都是一样的，希望出一份力，希望大家都能够好好的。

我是北京天坛医院急诊科的护士袁磊。今天是我到武汉的第 29 天。

记得有一天凌晨，我值后半宿的夜班，心电监护仪突然急促报警，患者的血氧饱和度很快掉到了 67%，口中流出很多咖啡色的胃内容物，呼吸机在不停报警。凭经验，我知道患者很可能出现上消化道出血，立即呼叫其他医护人员来帮忙，随后拿出吸痰管路，为病人清理口腔内的呕吐物。我和同事给予止血药物、加强镇静，复测血压，并调节呼吸机。顾不上有感染的风险，大家一直守在病人身边密切观察，看着呼吸机停止报警，所有监测参数平稳，这才松了一口气。

出发前，爱人拿到了检查结果：我要当爸爸了。但留给我们俩品味幸福的时间只有半小时，我紧紧地拥抱她一下，转身登上去机场的汽车。此去我将一心一意地抗击疫情，对爱人、对未来的宝宝，只能在心里默默地说一声抱歉，待我守护好武汉，再回去守护你们！

袁磊

我是辽宁省本溪市金山医院呼吸科的护士长张娜。今天是我来武汉雷神山医院支援的第 17 天。

昨天，小可乐和她的妈妈出院了，我真的特别高兴。小可乐今年只有两岁零八个月大，是我们病区最小的小宝贝，我们都把她当成自己的孩子来疼爱着，上班前和队友总要商量带什么玩具宝贝会喜欢。第一次见她的时候，她忽闪着那双水汪汪的大眼睛，正看着我防护服上画的笑脸，见小可乐非常喜欢，我便画了一个笑脸送给她，小可乐开心地唱起了歌。听着孩子稚嫩的歌声，我

张娜

也更加思念女儿了。来到武汉，思念、牵挂，常常使我失眠，但只要想想这里有太多人需要我，虽然控制不住泪水，我也会站在镜子前面握紧拳说："要坚强，要加油，胜利就在不远的前方！"

我是河北省秦皇岛市骨科医院护士张美玉。今天是我来到武汉支援的第二轮的第二个白班了。

今天工作的时候，我觉得身后有一个身影，一直跟着我。我转身一看，一位阿姨就站在我的身后。我赶忙问："阿姨，您有什么事需要我帮忙吗？"阿姨说："我不是你管的病人，看见你们身后写着河北，我也是河北人。阿姨见到家乡人了，心里高兴。"

张美玉

聊天中，我知道了她是保定人，已经在这里隔离治疗 16 天了。她主动要给我拍照片，她说："虽然现在看不出你什么样子，但从隔离衣上能知道你们的名字。"

　　我是武汉市肺科医院支助中心的伍贵，今天是我投入到抗"疫"一线的第 52 天。我每天的工作就是为患者测体温、量血氧饱和度、挂号，病人数量最多的一天，光是登记就写了整整 14 页纸。不过，自从有了方舱医院，大多数轻症患者不用再四处奔波找医院、求床位。我们医院门诊病人的数量也在逐渐减少，来的大多数都是复查的患者。看着慢慢变少的患者，我们坚信，我们一定可以战胜病毒！

伍贵和同事们

赵晓平

我是成都五医院呼吸科的医生赵晓平，来武汉支援已经 17 天了。

今天我们医疗队又有 32 个病人出院了，新入院的只有 4 个病人，空床有一百多张了，其他医院也传来了空床的好消息，这是个积极的信号：消化存量病人是当务之急，加快"泄洪"！

由于近期肩背部老是酸痛，健康追踪情况就如实填写了"肌肉关节酸痛"一栏，没想到院感防控组的老师即使天天和我见面，也一直追着我要体温、暴露因素、活动轨迹、干预措施等资料，我赶紧如实填写，心里不断称赞：就是要这样做！面对这场攻坚战，我们前方后方都不能松懈！

我是天津医科大学第二医院 ICU 的医生李立宇。

一晃来武汉一个月了，天津医疗队始终保持着"哏儿都"的乐观。有位老师发现洗衣机出了点问题，流了一地泡沫，群里同事神回复：洗衣机吐了。我们想家是肯定的，但是更想念煎饼果子、老豆腐、麻辣小龙虾……所以，关于吃的讨论，轰轰烈烈地开展了一场又一场。

我们的共性，总结起来，就是"哏儿都"格言：嘛钱不钱的，乐和乐和得了。并不是没心没肺，这只是苦中自己乐一乐。我们的工作，面对的是一条条鲜活的生命，那些焦灼的神情、痛苦的面容，令我们肩头责任重若千钧。其实，无论我们怎么用自己的方式开解，都不如看着病人痊愈出院开心，那些真挚的笑容、朴实的言语，才是我们的"百忧解"，才是我们负重前行的动力。

李立宇

武汉大学临床医学院的 49 名硕士研究生因"封城"滞留学校,
他们当起了志愿者,与老师一道为医院清理和搬运防疫物资。

刘中灿 摄

李微
李雪芬
万东晖
赵冬芳
王祝国
董萌
黄平
马青娜

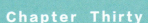

Chapter Thirty

因为理解，所以值得

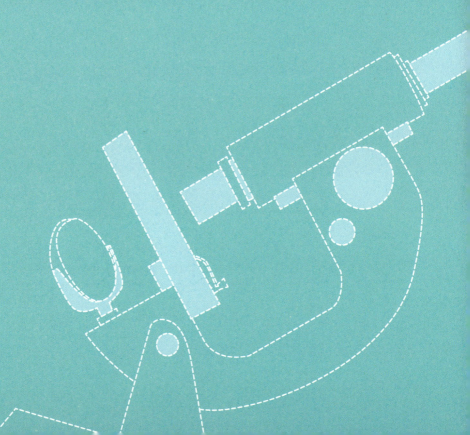

我 们 做 医 生 的 ，

累 了 想 休 息 ，

可 休 息 的 时 候 老 惦 记 着 病 人 ，

希 望 这 疫 情 能 早 日 结 束 。

扫二维码
听有声日记

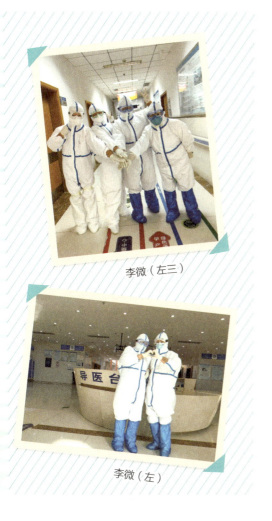

李微（左三）

李微（左）

我是湖北省武汉市汉口医院急诊科护士李微。今天是我投入到抗击新冠肺炎疫情的第 37 天。我们医院是新冠肺炎首批定点医院之一，我主要负责发热门诊的急诊护理管理以及组织协调工作。

记得在疫情发生后的初期，抢救室留观每天都会有三十余人，几乎每个患者都需要吸氧。中心氧气装置不够，我们就用氧气瓶，重重的氧气瓶，就靠我们护士瘦弱的身躯一瓶瓶地挪进挪出，一天下来要用掉三十余瓶氧气！

有一次，我们护士在换氧气瓶时，因为体力不支，动作稍慢，就遭到了患者的指责。但欣慰的是，患者的家属在安抚了患者后，竟主动要求帮助我们护士挪氧气瓶，说："这是力气活，你们女孩子做起来真是不容易，有什么事如果我们能帮忙的话，尽管开口！"

当时就感觉，我们所有的辛苦都值了，因为有他们的理解，才让我们坚持下去的信念更加坚定！

时雨时晴

我是武汉市肺科医院结一病区护士李雪芬。今天是我在武汉战斗的第20天了。

前两天，一早到科室就收到了内蒙古战友们给我们的意外惊喜。他们带着自己仅有的一点家乡特产分享给我们护士姐妹，还对我们说："昨天看见你们吃饭，感觉你们太不容易了，我们回到酒店决定把带来的家乡特产给你们尝尝，东西不多，给你们增加一点能量和营养。"

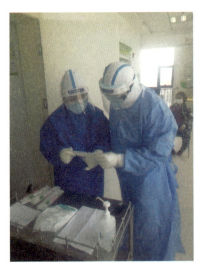

李雪芬

那一刻，他们朴实的话语让我们泪目，带给我们无尽的感动与鼓舞，我们仿佛就置身在美丽的大草原，跳着欢快的舞蹈，品尝着手扒肉……

这两天，大家工作都无比开心！病房的患者叔叔看着我们忙碌的身影对我说："姑娘，内蒙古的同志来了，你们的压力减轻很多了吧？"我笑着说："是啊，有了内蒙古同仁的驰援，我们终于能喘口气了，他们真是雪中送炭啊！"

万东晖

　　我是湖北省孝感市云梦县人民医院感染科医生万东晖，负责感染科六病区病人。今天是我从隔离病房撤下来休整的第 1 天，从去年腊月二十五这天开始到昨天，我在抗"疫"一线工作一个多月了。

　　我是早期接诊新冠肺炎疑似病人的医生之一，也是第一批上抗"疫"一线的医生。我这里最早确诊的 3 例病人是我亲自送到隔离病区的。我在感染科工作了近 20 年，第一次打这样的硬仗，压力真的很大，但是到了病房，什么压力都忘记了。

　　我还记得 2 月 7 日晚上，六病区送来了一位 80 多岁的刘爷爷，这位老爷爷情绪很不好，不配合治疗，不吃药，也不吃饭，他的儿子也是确诊病人，我天天给刘爷爷做思想工作，他慢慢就配合治疗了。现在刘爷爷情况很稳定了，我也很高兴。

　　我们做医生的，累了想休息，可休息的时候老惦记着病人，希望这疫情能早日结束。

患者画的《春天》

赵冬芳

　　我是辽宁省本溪市金山医院肿瘤内科的护士长赵冬芳。今天是我来武汉雷神山医院支援的第 18 天。

　　18 天的紧张工作中，患者给了我太多太多的感动和鼓励，一位刚入院的大哥在抽完血后问我："你叫赵东方？"我说："是的。"他说："照耀东方，好名字。东方，我有个礼物想送给你们。"说着大哥拿出了一幅画——《春天》。

　　他说："我知道要来雷神山以后，就赶着画这幅画，我把它命名为'春天'，想着把它送给所有的白衣天使。"我告诉大哥，病区里的所有物品都不能带出去，但我可以把它拍下来，送给所有奋战在工作岗位上的白衣天使。我还会告诉大家，春天就要来临！

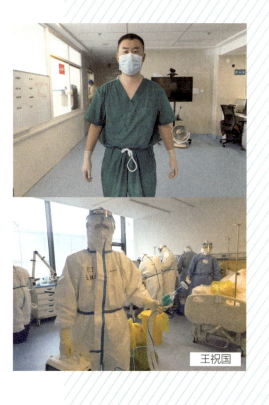

王祝国

　　我是山东省第一批援助黄冈的医疗队队员、济宁市第一人民医院重症医学科的呼吸治疗师王祝国。今天是我来黄冈的第 33 天。

　　还记得 2 月 1 日下午，我正在黄冈市大别山区域医疗中心上班，新转来的带呼吸机的病人氧合迅速下降，呼吸机上显示的实际吸入氧浓度也在往下走，查明原因是医院紧急开业，许多设施稳定性不够，氧气压力不足造成。

　　眼看着病人的血氧饱和度一点点往下走，但因为没有转换接头，呼吸机无法连接氧气筒，病人面临生命危险，医生也束手无策。作为一名有多年实践经验的呼吸治疗师，结合几天来在医院的实际操作经验，我发现在氧气压力低的时候，虽然呼吸机无法提供氧气，但是外接的氧气表可以提供较小的 10L / min 的氧气，我迅速给呼吸机连了一条外接氧气。庆幸的是，随后病人的氧合逐渐好转，最后恢复到正常水平。

　　虽然最近我感觉非常的疲惫，但是能为病人尽一份力，我们累并快乐着。

董萌

我是天津市支援恩施医疗队专家组成员、天津市红桥医院心血管内科副主任医师董萌。

孩子今年要初中毕业了，说实在的，挺担心他的。可是我有着临床经验，能帮上忙，20年的老党员不带头，谁带头呢？带着家人的嘱托、对孩子的依依不舍，我踏上了奔赴恩施的征程。

到达恩施州后，我和其他4位同事被分到了第五支队，与其他6位疾控的同志和1位精神卫生的同志一起奔赴巴东县支援。巴东是恩施几个边远县城之一，车子开了3个多小时的崎岖山路，直接来到定点医院——县人民医院，了解当地疫情控制的情况。

董萌和同事们

紧锣密鼓的工作常常让我从早晨忙到晚上10点，有时候晚饭都顾不上吃。但是我一点也不觉得累，取而代之的是越来越坚定的信心，对于这场战"疫"的胜利，我们志在必得！

黄平

2020 年 2 月 26 日
随州 \ 阴

    我是江西兴国县人民医院感染科医生黄平，是江西省第三批支援湖北随州医疗队成员。

    我们现在正式接管了随州市曾都医院感染七区。曾都医院的医务人员从疫情暴发到我们接管病区前从未休假，更别说和家人团聚，我们的到来终于可以让他们歇口气了。

    接管病区后，我们根据每个病人的病情制订了详细和有针对性的治疗方案，人员也全部轮换，希望曾都医院原来的同仁能够安心休息一段时间，因为疫情结束后，曾都人民的健康还需要他们来守护。

    家人知道我要来一线支援时，他们都很支持，但从离别时他们眼中，我看到了担心和不舍。现在每次跟家人视频时，我小孩都会问"爸爸怎么还不回来？""冠状病毒还没打完吗？"

    所以，我希望通过我们的努力能让病人早日康复出院，疫情早点结束。我相信，只要大家同舟共济、科学防治，我们都能平安回家！

马青娜

　　我是浙江省第一批支援武汉医疗队队员、浙大一院护士马青娜，今天是我到武汉的第 33 天。

　　昨晚下夜班，感觉很疲惫，却失眠了，那种想睡又睡不着的感觉，难受极了！中午起来，扒了几口盒饭，没啥胃口，泡了一碗泡面，又扒了几口，完成任务似的填饱肚子。好想吃清炒的绿色蔬菜！

　　昨天开始，硚口区这边所有福利院、养老院感染的老人家们，被收治到我们医院了。接班时，前组后组一起开始奔跑，我们已经顾不上交接班和下班，一起稳住了场面，才开始一对一交班，太不容易了！接下来估计是一场硬仗……希望这一关我们能顺利撑过去，一起加油！

　　今天的武汉开始降温了，我穿了一件冲锋衣下楼给苏老师送物资，推开门，一阵冷风，这和昨天相比，温差实在是太大了。这次的降温，希望大家都能保护好自己，千万千万别感冒了！只有强壮的身体，才可以救治更多的患者！

Chapter Thirty-one

他成了
"我们的汪洋"

杨丽
陈小虎
卢莉莉
吴萌萌
马晓宇
王燕娇
赵树林
王玉萍

"患者汪洋"成了"我们的汪洋"。

有一次，我问他："你有什么愿望？"

汪洋说："我想看看你们所有人的脸，

好知道我们以后该报答谁。"

扫二维码
听有声日记

杨丽（右）和同事

2020 年 2 月 27 日

武汉 \ 小雨转阴

我是湖北省武汉市汉口医院呼吸八病区的医生杨丽。1月5日，我开始加入隔离病区，连续奋战25天后感染新冠肺炎，经过积极治疗和休整后恢复健康，2月21日重披"战袍"回到同事们身边。

归队的心情跟之前不太一样。进隔离病区之前反复手消毒，戴头套、N95口罩，穿隔离衣、绑鞋套。穿防护服后，戴第二层帽子和外科口罩，绑紧第二层鞋套，压紧护目镜，调整面屏，戴厚实的双层手套。同进病区的曾为红老师再三检查我的防护服有没有破，护目镜是否起雾，嘱咐我一定要保护好自己，才能更好地救他人。

病区的患者目前病情都比较稳定。84岁的肖爷爷有糖尿病、高血压等基础疾病，入院时病情较重，肺部CT双中下肺大片磨玻璃影，血氧饱和度只有87%，经过同事们的积极救治，复查CT明显好多了，连续两次核酸检测结果为阴性，准备今天出院。这些天，他的女儿每天打电话问我们病情，患者和家属简单的一句"谢谢"，都让我们的心温暖好久。

枣阳 \ 小雨转阴

陈小虎

　　我是枣阳市第一人民医院手术麻醉科护士陈小虎。今天是我来新冠肺炎隔离区工作的第32天。作为一病区唯一的男护士，我自觉多干体力活。今天下午，一位呼吸困难的男性患者需要复查CT，我用轮椅推着他，路上要经过一个20多米的斜坡，因为是三级防护，推起来特别吃力。这位患者提出下轮椅"自己走上去"，我没同意，跟一位同事合力推上去了。下坡的时候因为脚底不防滑，又得用胸部抵着轮椅，让轮椅"推"着我往后退下来。

　　晚上下班回宾馆，远远就能看见女朋友在路口等我，送来好吃的饭菜和水果，我只能站在相隔几米的路边跟她聊天。

　　我的女朋友也是一名护士，本来打算今年开年给她一个她一直都想要的家，但疫情袭来，她说"我们两个申请一起去前线吧"。1月27日，医院通知我到新冠肺炎一病区担任负责人，女朋友又高兴又难过，因为她没有接到通知，不能和我一起并肩作战。好在这些天她下班之后，都会来远远地看看我，给我鼓劲加油。每次看着她含着泪离开，还要笑着对我说"没事，不用担心我，你好好地工作，等着你回来"，我很是心疼，但也更加坚定。希望每个人都能安全健康地回家，我也可以早点履行自己的承诺：给她一个家。

我是天津医科大学肿瘤医院乳腺肿瘤一科护士卢莉莉。医疗队接管武汉市第一医院后，第一位出院的患者，是我来武汉工作的第一天就注意到的一位姑娘。她年纪不大，性格开朗，精神状态也很好，对自己的病情从来没有悲观情绪。住她隔壁床的阿姨有时候武汉话说太快了，我听不太明白，都是这位姑娘主动帮我翻译，她也会帮助我们一起劝慰同病房的患者们，还会教大家一些照顾自己的小细节。我们一直都觉得这位姑娘非常亲切。

出院前她主动和我们聊天，我们才知道，我们参与救护出院的第一位患者，竟然是我们的同行战友。

这位战友和我们一般大，都是 80 后，原先是一名儿科护士。她说之前一直没提自己的职业，是因为觉得很惭愧，本应该和大家一样，在这样的关键时刻奔赴一线战场，但是自己却因为感染，不得不在这里接受来自遥远的天津的援助，所以只能在病房里力所能及地用自己的专业帮助一些患者。

出院后，姑娘还要在指定社区进行 14 天的医学观察，她说等康复痊愈后，也会作为"白衣战士"帮助更多需要帮助的人。

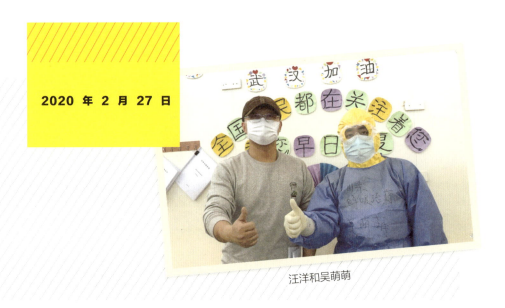

汪洋和吴萌萌

我叫吴萌萌，是山东第一医科大学附属滨州市人民医院重症医学科的一名呼吸治疗师，支援武汉汉阳国博方舱医院 19 天了。这些天，我们口头叫得最多的名字应该是"汪洋"："汪洋，等会准备发药，把每个舱的志愿者召集起来……""汪洋，新来了 5 个患者，你负责带他们熟悉环境""汪洋，你在哪？来分诊台"……

你可能以为汪洋是医护人员或者志愿者，但其实，他是一位新冠肺炎的确诊患者，只有 28 岁的小伙子。

刚开始到方舱医院，我们穿戴着防护装备行动不便，工作也千头万绪，汪洋主动来帮忙：召集志愿者搬运物资，摆放得整整齐齐；患者信息登记得准确无误；还带我们建立微信沟通群，监督患者用药和心理状况……"患者汪洋"成了"我们的汪洋"。

有一次，我问他："你有什么愿望？"汪洋说："我想看看你们所有人的脸，好知道我们以后该报答谁。"

马晓宇（右二）和同事们

我是山西河津市医疗集团人民医院内分泌消化科的护士马晓宇。今天是我支援湖北天门医院的第 10 天。

医院所有的病人都不能陪护。我们除了日常工作外，还要照顾好所有病人的生活起居，大到吃饭、洗漱，小到刮胡子、剪指甲。

我在这里还学会了几句湖北方言，方便跟老人沟通，但也闹了些笑话。给一个婆婆量血压时，见她血压是 152、86，我就试着用湖北话报"姨百五十饿、八十妞"，没想到把婆婆逗笑了，她指出我的语调不对，而且在湖北话里六不是妞，是陆。

还有一次，发饭的时候，一个阿姨说她不能吃鸡蛋，结果我听成了"我不愣，七鸡蛋"，就一边给她塞鸡蛋，一边说"7 个太多了，对身体不好，您先拿着这个，一会儿有多的，我再给您拿一个"，阿姨看着我一直笑，后来天门的护士来才帮我解了围。笑过之后我偷偷想，看来学会方言，也是一名优秀护士的基本功呢。

王燕娇

我叫王燕娇，是通用技术集团环球医疗上海中冶医院呼吸内科护士长。今天，是我在武汉金银潭医院的第 34 天。

除夕夜里，我改变行程，跟随上海第一批医疗队来到武汉，马上进入严格的培训，然后就进危重症病区了。说实话，心理和身体压力都非常大。

现在，我已经适应了这里的生活和工作。而且援军也相继到来，为确保医护人员"零感染"，危重症病房值班每班从 8 小时、6 小时变成现在的 4 小时。在餐饮改善的同时，每人配发提高免疫力的药物和营养品。此外，还有很多相识的、不相识的人在关心着我们。在我们的精心治疗护理下，这里的重症病人正一个个转往轻症区。我看到了希望的曙光。

2020 年 2 月 27 日

赵树林和小松

　　我是浙江大学医学院附属邵逸夫医院的护士赵树林。今天是我到武汉的第14天。

　　在我照顾的病人中，有一名10岁的小朋友小松，跟我弟弟一样大。几天前我查房时听到他小声抱怨了一句："好无聊啊！"细问才知道，原来他和爸爸转院过来得匆忙，课本、课外书都没有带，也不能上网课。从那天开始，我在工作之余，又多了份"兼职"，给小松出卷子、改试卷。

　　昨晚接班查了一圈，病人们睡得都还安稳，就到护士站坐下来出题。古诗文、英语单词和短语……小朋友数学是强项，我的水平也就能勉强指导下小学课程。

　　小家伙今天睡到7点，我6点去测血氧饱和度，不忍叫醒他，拿他手指出来时，估计打断了他的美梦，他很凶地缩回了手。

　　早上交给他题目时，他满脸写着开心，又用不是很标准的普通话问我："下次能不能给我出点科学题目？"我只能硬着头皮应下来，自己下午回驻地也得多做做功课。

王玉萍和她的蒜芽

我是青海省民和县人民医院产科护士长王玉萍，支援武汉已经有 24 天时间，现在在武昌方舱医院，主要负责医院感染管理科的工作。

这几天下班回到宿舍，都能看到窗前那一颗发芽的小蒜头。24 天前出发时，担心不习惯武汉的饭菜，我爱吃蒜，就顺手揣走了几颗。没想到这里的饭菜很合胃口，有包子、鸡蛋、牛肉和各种炒菜，队里还给我们发放牛奶、水果等等。这几个小蒜头就被我遗忘了。7 天前轮休，我整理行李时，发现其中一颗已经长出一厘米的小芽。我把它像宝贝一样养起来，用洗脸巾折成两厘米左右的长条，然后轻轻地把蒜头卷起来，放在小杯子里，浇上水。

这几天，方舱医院入院的患者越来越少，出院的越来越多，而在医院的患者也很配合我们的工作，情绪也挺好。

今天，我的小蒜芽也已经长到大概有七八厘米高。看着它一点点地成长，就像是和病毒赛跑一样，给我希望。

Chapter Thirty-two

曾经
素不相识，
如今并肩作战

郅敏　郭辅政　陈川　续秀秀　李文豪　王梅珍　李德生　黄晓丹

"是的，我们的名字一模一样！"

曾经素不相识的我们，

成了并肩作战的战友。

我们都愿意对彼此说：

陈川，好样的！陈川，加油！

扫二维码
听有声日记

我是广东省第二批医疗队队员、中山大学附属第六医院消化内科主任医师郅敏。今天是我们来到武汉支援满月的日子。

前天（2 月 26 日），84 岁李奶奶和 88 岁冯爷爷这一对老夫妻同时出院了。其实最先收治时，我们并不知道老爷爷、老奶奶是一对伴侣，因为他们从急诊分两天送上来病区。老奶奶入院时高热 39 度，神志模糊、呼吸急促伴呼吸困难、血氧饱和度不足 70%，一度被告了病危，老爷爷病情相对稳定。

郅敏

在全体队员努力下，老奶奶的生命体征逐渐稳定。这时候护士发现老爷爷常常地会不知去向，仔细找才发现举着吊瓶的老爷爷悄悄地走到老奶奶的床前，对还在昏睡中的老奶奶说话，鼓励着老奶奶。这时，我们才知道老爷爷和老奶奶是一家人。身患阿尔兹海默病的老奶奶不喜欢我们喂食，有时候肆意地哭闹，像个孩子一样。每次老爷爷来，她总能多吃几口，目光也总是落在老爷爷身上。每晚老爷爷总会端着半盆热水去到老奶奶床旁，一边擦身，一边安慰着老伴。

老爷爷出院的时候说，疫情过后，要带着老奶奶出门去看樱花。这一天不会远了。

郭辅政

我是北京大学人民医院创伤救治中心的医生郭辅政。今天是我来支援武汉的第 21 天。

病房里有一位 81 岁的奶奶，前两天病情突然加重，在肺炎的基础上，再发严重的心肌损害。上个班我去看她时，老人家还可以下地活动，她带着一口浓重的武汉方音告诉我，一活动就喘，吃饭没胃口，晚上睡不好。我告诉她："老人家放心，帮您调药，改善胃口和睡眠质量，您自己也要多休息。"

没想到再次见她，已是抢救的场面，面庞上扣着无创呼吸机面罩，从她的眼神里，看到了恐慌，我们拉着她的手，告诉她："奶奶，莫怕，我们一直都在，您慢慢喘气，睡一觉就会好很多的。"老人听到，慢慢地闭上了眼睛，呼吸也渐渐地匀称了些，床旁刺耳的生命仪器报警声也终于消停了些……难过的是，奶奶还是没能坚持太久，昨天（2 月 27 日）下午，虽然我们再次拼尽全力抢救，却没有等到奶奶像往常一样再睁开眼睛……

面对即将出院的患者，我们由衷欢喜；面对病情加重，病魔缠身，治疗效果不佳的患者，我们愿尽内心所有的温暖，拉着奶奶爷爷、叔叔阿姨的手，传尽无限之问候，哪怕解一时之苦难。

我是贵州省罗甸县中医院内二科护士陈川。今天是我到武汉的第25天。目前在武汉江汉方舱医院36号病房工作。

就在昨天（2月27日），患者熊叔叔写了一首诗，发到了我们36号房的微信群里："陈年美酒出贵州，川高路远竞风流。好女奋勇马蹄疾，样榜无悔写春秋。"四句诗开头的第一个字连起来是"陈川好样"，简简单单的四个字，让我备受鼓舞。

这首诗，我也想送给江汉方舱医院里的另一个陈川。几天前，突然听到病房外有人找我，一位"全副武装"的战友在等我，他的隔离衣上写着"广西医生，陈川"。我连忙问道："你也叫陈川？川流不息的川？"广西医生陈川说："是的，我们的名字一模一样！"曾经素不相识的我们，成了并肩作战的战友。我们都愿意对彼此说：陈川，好样的！陈川，加油！

陈川和方舱医院的另一个陈川

10:07

@陈川 我们马上要出舱了，写了一首诗送给你。

藏头诗：
陈年美酒出贵州
川高路远竞风流
好女奋勇马蹄疾
样榜无悔写春秋

患者送给陈川的诗

　　我是中南大学湘雅医院产科产房助产士续秀秀。今天是我来武汉支援的第22天。

　　来之前，唯一担心的是，作为助产士的我只会观察产程、接生，去了会不会拖医疗队的后腿。

　　从第一天开始，我就分配在重症区，一直工作到现在。我们开科第一天，就收治了一个93岁的老奶奶。每天我去上班的时候都会去看看这个老奶奶，给她翻身、拍背、洗漱、喂食，常常一个班下来，我早已汗流浃背。医院发给我的牛奶、腐乳，我也会给这个老奶奶带过去换一下口味。都说年龄大的免疫力低下，预后不好，我真的很害怕第二天去上班就看不到她了。这位老奶奶的病情还算稳定，我心里也很安慰。

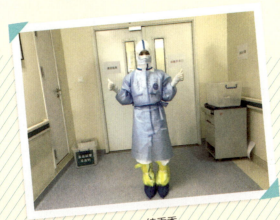

续秀秀

我是湖北省武汉市汉口医院消化内科医生李文豪。今天是我加入抗击"疫"情一线的第 57 天。

在我一次查房过程中，一位徐姓女士告诉我，她目前有 4 瓶球蛋白和 2 瓶白蛋白，想和另外病房的她的爱人对半分着打。当时我考虑到徐女士病灶范围小，症状逐渐转好，而她的爱人目前需要靠高流量氧疗来维持生命，话还没讲完，她就说："那我打一瓶白蛋白，其他的都给我老公打。"目前他的爱人已经不再喘息，恢复良好。也许这四瓶球蛋白并没有起到关键性作用，但这最朴实的选择，就是最真诚的爱，我深受感动。

李文豪

我是来自江西省宜春市中医院急诊科的一名护士，我叫王梅珍。今天是我来随州的第 20 天了。

我目前在随州市中心医院文帝院区重症组，今天我分管的是一名重症肺炎的患者，1 床张爷爷由于多器官功能衰竭，全身水肿，眼结膜充血，需要按时滴眼药水，从胃管内注药、雾化吸入、皮下注射、肠内营养、静脉输液、输血，这些都是我们要做的治疗。测血糖和测中心静脉压每小时一次，吸痰、血气分析、翻身两小时一次。注射泵、输液泵共计有 15 个，平均每两小时更换一组。由于老爷爷严重菌群失调，清洁皮肤成了一项高强度的工作，刚刚擦洗完，又有菌群了，一次、两次、三次……我全身衣服已经湿透，汗珠直接从额头滑落到我的脸颊。治疗完还要书写护理文书，交班后，脑子里还在查遗补漏，生怕落下什么。衷心祝愿张爷爷能够早日战胜疫魔。

王梅珍

　　我是来自吉林省松原市中心医院的李德生医生。这是我第 2 天进入武汉大学中南医院 4 号楼 13 层东区重症病房，我们病区一共 50 张床位，现有 20 多名患者，多伴有多种基础疾病。

　　早上查房的时候，首先看见一位患者导尿的引流袋里面有很多血凝块，患者用手摁着腹部不停扭动身体。这个患者有膀胱癌病史，本来是打算手术治疗的，但是因为感染新冠肺炎，所以手术暂时搁置，只能给予生理盐水持续冲洗处置。患者疼痛应该是导尿管被血凝块堵塞导致膀胱内积血所致，这种情况应该更换三腔引流管，但是导尿操作容易增加护士感染风险。我决定继续给予生理盐水冲洗，经过半个小时的努力终于将全部血凝块通开。现在患者疼痛的症状明显好转。我现在每天都持续关注这个患者，也在和泌尿外科的医生沟通下一步治疗措施。

　　我叫黄晓丹，是湖北省孝感市孝昌县第一人民医院耳鼻喉科的一名护师，目前在孝昌县第一人民医院病区支援。前几天，我们病区收治了一名 4 个月大的女宝宝，她的爷爷从武汉回来，奶奶、妈妈先后被感染了，她因和爷爷一起生活过，被我们严密观察。情况特殊，我们新冠肺炎领导小组办公室批准孩子爸爸来陪护。

黄晓丹

　　我在巡视病房时，看到爸爸在抱着宝宝走路哼歌逗孩子，我们发的盒饭他也没来得及吃。我就对他说："你吃饭吧，我来哄孩子入睡。"见他有点不好意思，我安慰他说，"我家里有两个孩子，我有经验。"我让他把宝宝放在床上，我戴着面屏不方便用表情逗她，就用手指逗她。

　　孩子终于睡着了，孩子爸爸一再对我表示感谢。我说："只要希望在，一切都会好的。"

"叔叔、阿姨，辛苦了！"一个小女孩在跟防疫人员打招呼。

魏铼 摄

《天使日记》
主创团队

监制：高岩

策划：刘钦 郭静 刘黎

采编：谭朕 白杰戈 钱成 张明浩 常亚飞 肖源 李行健
周益帆 任梦岩 孙永 唐国荣 冯会玲 郭淼 李欣 金昀瑾
王志刚 张毛清 左艾甫 凌姝 张晶 王贵山 陈瑜艳 张国亮
李佳 范存宝 谢元森 李竞成 杜震 王志达 孟晓光 杨静 吴善阳
陈庆滨 夏震宇 姚东明 杨守华 李凡 任磊萍 于中涛 苑竞玮
葛修远 刘泽耕 朱永 吴媚苗 傅蕾 王利 王成林 贾宜超 郭威
雷恺 张兆福 郑颖 吴卓胜

新媒体编辑：马烨 马文佳 张乔雪 夏文 傅博凡 齐逸凡
孙雪 高丹丹 李潇雯 许晨阳 周文超

配乐来源：上海包图网络科技有限公司

· 特别鸣谢 ·

刘宇（中国文联摄影艺术中心原主任、中国摄协
　　　赴湖北抗击疫情摄影小分队成员）

魏铼（《湖北日报》全媒体记者）

《楚天都市报》摄影部记者
刘中灿　李辉　黄士峰

林帝浣（小林漫画）